Kurt Tichy

Und Tom ging nach Paris

Unheimliche Geschichten für schlaflose Nächte

II

Impressum

1210 Wien, Siemensstraße 7, Tel. 01/277 03

Gesamthersellung: Milde Verlag Ges.m.b.H.
ISBN: 3-901205-03-9

Inhaltsverzeichnis

Das Elefantenhaus

In früheren Zeiten pflegten junge Männer auf eine lange Reise zu gehen und kehrten danach um einiges an Erfahrungen reicher in ihren Heimatort zurück. Das Erlebte, so hofften sie, sollte sich in ihren Gesichtern widerspiegeln und ihnen eine reife, männliche Aura verleihen. Im Grunde genommen hat sich an diesen Gepflogenheiten nichts geändert. Ein schweres Motorrad zwischen den Beinen, ein Paar Jeans im Gepäck, und als Reiseziel der Horizont. Das war der große Traum, den ich schon als kleiner Junge geträumt habe. Spätestens seit ich Filme wie *Easy Rider* gesehen hatte. Ein Mann sucht Amerika, heißt es in dem Kultfilm mit Peter Fonda. Auch ich wollte Amerika suchen, und so entschloß ich mich nach dem Studium, ein Desperado mit Motorrad zu werden. Aber die Abenteuer, das mußte ich mir bald eingestehen, sind rar auf dieser Welt. Ein Highway ähnelt dem anderen, und so manche Lebenskünstler, denen ich begegnete, lebten nicht glücklicher und interessanter als andere Menschen, nur weil sie arm waren. Die Freiheit auf zwei Rädern, das merkte ich rasch, ist eine Illusion.

Irgendwann war ich im Süden gelandet. Florida, das waren: unzählige Strände entlang der Strecke, braune ölglänzende Körper, drohende Cellulitis in zu knappen Badeanzügen und vertrocknete Alligatorenköpfe, die die Kassen von Krokodilshows zierten. Genau in diesem sonnendurchfluteten Teil von Amerika ging mir das Geld aus. Ich weiß heute nicht mehr, wie alles begann. Wie ich überhaupt in dieser Gegend gelandet war. Ich erinnere mich nur mehr daran, daß ich auf einer Bank beim Eingang eines kleinen Parks saß. Ich dachte gerade daran, mir einen Job zu suchen, um meine Reise weiter finanzieren zu können. Als ich mich schließlich gedankenverloren umsah und die beiden steinernen Löwen entdeckte, die den Eingang neben mir flankierten, stellte ich verblüfft fest, daß das, was ich für einen Park gehalten hatte, ein Zoo war. Das schmiedeeiserne Tor war von einer dicken Rostschicht bedeckt, und es bestand kein Zweifel darüber, daß es sehr alt war. Das einzig Neue war ein blau-weißes Schild, das man an ihm angebracht hatte, mit der Aufschrift *Aushilfskraft dringend gesucht*. Die Frage, ob ich diesen Job wirklich annehmen wollte, stellte sich mir gar nicht, denn es war, als hätten sich meine Beine längst von selbst in Bewegung gesetzt. Ein kurzes Zögern noch, so als hätte für einen Moment mein Kopf wieder das Kommando übernommen, dann durchschritt ich den Torbogen.

Der Zoo war nur spärlich besucht, und die seltsame Ruhe, die er verströmte, ähnelte eher der eines Friedhofs. Der Kies knirschte unter meinen Füßen, und die alten Eichen entlang des Weges verliehen der Anlage etwas Verträumtes, fast Märchenhaftes. Mein Blick fiel auf ein steinernes Becken mit Seehunden, das auch schon bessere Zeiten gesehen hatte. Von den Rändern bröckelte der Verputz und fiel ins Wasser, wo er sich am Beckenboden zu kleinen Klumpen häufte. Affen sahen vorwitzig zwischen den Gitterstäben hervor und folgten mir mit ihren flinken Augen. Ein lautes „Roar“ von einem Löwen, der nervös an den Gittern entlangstrich, drang an mein Ohr. An manchen Stellen war sein Fell schütter geworden, woran man erkennen konnte, wie lange er bereits bei seinen Bewegungen das Metall berührte.

„Haben Sie denn ein bißchen Ahnung von Tieren, Mister, äh?“

„Raimund, Nick Raimund“, antwortete ich. Die alte Dame musterte mich durch dicke Brillengläser, und für einen Moment konnte ich mich des Eindrucks nicht erwehren, ich würde mich im Gehege einer riesigen Eule befinden. „Nun, ich habe einmal die Katze einer Freundin gepflegt.“ Ich zuckte ein wenig hilflos mit den Schultern. „Aber ich lerne rasch.“ Mrs. Greenfield stützte sich mit dem Ellbogen auf ihren Schreibtisch und nestelte nachdenklich an ihrer Brille. „Tiere zu pflegen ist eine große Verantwortung", sagte sie, und ich pflichtete ihr durch heftiges Kopfnicken bei. Sie ging zum Fenster und sah hinaus in den Park. „Sehen Sie, Mister Raimund, wir sind nur ein kleiner Zoo. Kein Vergleich mit diesen großen Anlagen im restlichen Florida. Aber wir werden gerne besucht. Vor allem von den Leuten, die an der Küste leben und in den kleineren Orten." Sie drehte sich wieder zu mir und ließ sich hinter ihren Schreibtisch sinken. „Ich verwalte den Park nahezu im Alleingang. Natürlich mit jugendlicher Unterstützung." Sie zwinkerte schelmisch. „Es ist eine kleine Gruppe von Burschen und Mädchen, die überaus motiviert und mit Feuereifer bei der Sache sind." Sie sah jetzt über den Rand der Brille, als wollte sie mich noch einmal genauer mustern. „Na ja, Sie werden sie ohnehin alle morgen kennenlernen." „Soll das heißen, daß Sie mich einstellen?" Ich sah sie fragend an. „Natürlich", antwortete sie knapp. Sie streckte mir ihre Hand entgegen, und ich merkte zu meiner Verblüffung, daß ihr Händedruck so kräftig war, daß er fast schmerzte. „Willkommen auf der Arche Noah", raunte sie, und der Eindruck einer Eule, den sie auf mich machte, war für Sekunden dem einer Krake gewichen. Ich verbrachte die Nacht in einem Gebäude außerhalb des Tierparks. Das Zimmer, so erklärte Mrs. Greenfield, sei kostenlos, und mir fiel ein, daß ich sie nicht nach meinem Gehalt gefragt hatte. Als die Nacht hereinbrach, konnte ich die Laute der Tiere hören, die vom Park auf der gegenüberliegenden Straßenseite kamen. Und ich stellte mir vor, ich hätte mich irgendwo in der afrikanischen Wildnis zum Schlafen gelegt. Den schweren Tropenhelm tief ins Gesicht gezogen und das Gewehr griffbereit an die Schulter gelehnt.

Es war ein wunderschöner Morgen, als ich erwachte. Der Kiesweg war feucht vom Morgentau, als ich den Park betrat, und das Sonnenlicht, das durch die Zweige der alten Eichen fiel, bündelte sich zu Strahlen. Ich traf Mrs. Greenfield in ihrem Büro, und sie führte mich zu einem

Platz im Zentrum des Zoos, um mich meinen Mitarbeitern vorzustellen. Da gab es Sue und Linda, zwei quirlige Biologiestudentinnen, die ursprünglich so wie ich nur einen Gelegenheitsjob gesucht hatten, aber mittlerweile zum festen Inventar des Parks geworden waren. Ich lernte Ben und Rita kennen, ein junges Ehepaar, das einst quer durch Amerika getrampt und, auf der Suche nach sich selbst oder sonst irgend jemandem, bei Mrs. Greenfield gelandet war. Wie mir Rita später einmal erzählte, hatten sie in Miami mit einem Laden für Modeschmuck Schiffbruch erlitten und in der Tierpflege eine neue Aufgabe gefunden. Dann war da noch ein wortkarger, muskelbepackter Typ mit einer dramatischen Tätowierung am Oberarm, den alle nur Lex nannten. Das Bild auf seiner Haut zeigte einen Adler, der seine Schwingen schützend über eine schlafende Frau breitete. Es hieß, Lex wäre früher auf See gewesen, aber Sue und Linda vermuteten, daß er einfach nur ein Knastbruder war. In Wirklichkeit wollte das ohnehin niemand so genau wissen. Und schließlich gab es noch Joseph. Einen stotternden Jungen, der auf den ersten Blick fast geistig behindert wirkte, hinter dessen unscheinbarem Äußeren jedoch eine zwar einfache, aber wache Intelligenz schlummerte.
Meine neue Tätigkeit bestand größtenteils darin, die Gehege zu säubern, und nach einigen Tagen war ich so etwas wie ein Fachmann für Tierexkremente. Der Dung der alten Elefantendame Cora hatte die Ausmaße eines Telefons. Er war vor allem bei den Gärtnern dieser Gegend sehr begehrt, die ihn als Dünger verwendeten. Die Rehböcke hinterließen fingernagelgroße Knöllchen, während die Ausscheidungen der Pinguine wie weißer Mörtel waren, der alles verklebte. Die Reinigung des Elefantenhauses und einiger anderer Gehege war mir und Linda zugeteilt worden, und so war sie die erste von meinen neuen Kollegen, die ich näher kennenlernte. Linda trug ihr

Herz auf der Zunge, und ihr freundliches Wesen kam bei ihren Mitmenschen gut an. Ihr blondes, kurzgeschnittenes Haar und ihre Körperbräune verliehen ihr eine sehr vitale Ausstrahlung. Kurz gesagt: Sie gefiel mir. Wir verstanden uns auf Anhieb, wenngleich unsere Zuneigung eine rein platonische blieb. Einen eher unbeholfenen Annäherungsversuch von meiner Seite quittierte sie, indem sie einfach lachend den Kopf von mir weg drehte und mir fast mütterlich durchs Haar strich. Auch meine Einladungen zum Abendessen schlug sie aus, woraus ich schloß, daß sie in festen Händen war. Nach Dienstschluß verabschiedeten wir uns meistens mit einem freundschaftlichen Kuß, und sie verschwand in der Dämmerung, während ich mich auf mein Motorrad schwang und ziellos durch die Gegend fuhr. Der einzige Ort, an dem ich ihr nahe sein konnte, war der Zoo, und ich genoß diese gemeinsamen Stunden. Ihre große Leidenschaft war das Zeichnen. Sie fertigte großartige Portraits und Skizzen an, wobei ihr bevorzugtes Motiv die alte Elefantendame Cora war. Während ich den Boden des Elefantenhauses fegte, saß sie meistens nahe beim Eingang im Sonnenlicht und zeichnete in einer Wolke aus Heupartikel. Ich erzählte ihr viel von mir. Von meinem Heimatort und meinen Eltern. Von meinem Medizinstudium, daß ich größtenteils nur auf Wunsch meines Vaters absolviert hatte.

„Versprich mir eines, Nick“, sagte sie. „Bleibe, wie du bist. Ordne dein Leben nie mehr den Wünschen anderer unter. Du weißt selbst, was richtig für dich ist.“

Wir saßen gerade auf einem Hügel, von dem man den gesamten Zoo überblicken konnte, während aus der Ferne das Geschrei der Pelikane zu uns herüberdrang. Sie strich mir durchs Haar, wie sie es schon öfters getan hatte, und drückte mir einen Kuß auf die Wange. „Wie sieht es denn mit dir aus?“ entgegnete ich. „Bist du zufrieden mit deinem Leben?“ „Doch“, antwortete sie. „Ich bin zufrieden.“ „Und fühlst du dich frei?“ Ich sah sie fragend an. Sie hielt kurz inne und sah zu irgendeinem Punkt am Horizont. „Ja“, sagte sie schließlich. „Im Grunde genommen bin ich frei.“ In solchen Momenten wurde mir klar, wie wenig ich von ihr wußte. Das einzige, was als gesichert galt, war, daß sie vor einigen Jahren mit Sue hier aufgetaucht war. Und was immer auch in ihrer Vergangenheit vorgefallen war, sie hatte es hinter sich gelassen. Eigentlich schien jeder hier eine Geschichte zu haben. Mrs. Greenfields Tiergarten erweckte den Eindruck eines Auffanglagers für Menschen mit Vergangenheit.

Meine Verehrung für Linda trieb allmählich seltsame Blüten. Bei unseren Rundgängen stellte ich mir manchmal vor, die Gitter von allen Gehegen würden verschwinden, und plötzlich wurde aus Mrs. Greenfields Zoo die afrikanische Wildnis. Und mitten drin: ich und Linda. Tarzan und Jane, wie es sie romantischer nicht geben konnte. Sie würde unser Baumhaus fegen, während ich bewaffnet mit Pfeil und Bogen damit beschäftigt wäre, die Nahrung herbeizuschaffen. Der Gestank der Tierexkremente holte mich dann wieder auf den Boden der Realität zurück.

Es war an einem Sonntag. Ich erinnere mich deshalb so genau daran, weil nur am Wochenende im Zoo ein nennenswerter Betrieb herrschte. Mütter schoben konzentriert ihre Kinderwagen durch die Menge, und kleine Jungs hielten Eis und Zuckerwatte in ihren Händen. Beim Gehege der beiden Giraffen alberten einige Jugendliche herum, und Studenten saßen auf den Bänken in der Sonne, allesamt in ihre Bücher vertieft. Linda war essen gegangen, und ich stand beim Seehundbecken, mit den Ellbogen auf die Umzäunung gelümmelt, und starrte gedankenverloren ins Wasser. Der alte Mann fiel mir deshalb auf, weil er geschnürte Wildlederschuhe trug, von einer Art, wie man sie eigentlich nur für Safaris verwendet. Seinen Hut mit breiter Krempe hatte er tief ins Gesicht gezogen, vermutlich um sich vor der

Sonne zu schützen, und an seinem Gürtel hing ein monströses Jagdmesser. Er mußte zwischen sechzig und siebzig sein, aber sein Körper schien davon keine Ahnung zu haben. Unter dem bizarren Tropenanzug zeichnete sich jeder Muskel ab. Er kam geradewegs auf mich zu und stellte sich neben mich. Schließlich stützte er sich ebenfalls an der Umzäunung ab und starrte wie ich ins Wasser. „Schöner Tag heute, nicht wahr?“ Ich hörte seine heisere Stimme nahe an meinem Ohr. „Ja, das ist es in der Tat“, antwortete ich. Ich sah zur Seite, und als sich unsere Blicke für Sekunden trafen, wurde mir die ganze Bedrohlichkeit seiner Erscheinung bewußt. Seine dünne, pergamentartige Haut spannte sich um seinen Kopf und verlieh ihm das Aussehen eines grinsenden Totenschädels, während sein Blick der einer Klapperschlange war, die ihren Opfern ohne Augenlider ins Gesicht starrt. „Sie sind neu hier?“ Er musterte mich neugierig, während ich nur stumm nickte. Ich hoffte, durch meine Wortkargheit unsere Unterhaltung auf ein Minimum zu beschränken, aber der Alte ließ sich davon nicht beeindrucken. „Darf ich Sie nach Ihrem Namen fragen?“ „Raimund, Nick Raimund“, preßte ich zwischen den Zähnen hervor. „Nun, Mister Raimund, hören Sie mir jetzt ganz genau zu.“ Er sah mich an wie ein Inquisitor, der soeben seinen Urteilsspruch verkündet. „Ich bin seit mehr als dreißig Jahren hinter dem Bösen her, und ich habe herausgefunden, daß es sich hier in diesem Zoo eingenistet hat.“ „Was Sie nicht sagen.“ Ich sah ihn an und lächelte säuerlich. „Ich weiß, was Sie jetzt denken, Mister Raimund.“ Er steckte die Daumen in seinen Gürtel und sprach unbeirrt weiter. „Aber Sie können mir glauben, wenn ich sage, daß Sie hier in höchster Gefahr sind.“ Er starrte mich wieder an, während ich mir gerade darüber klar wurde, daß nur er es war, von dem hier eine Gefahr ausging. Ich wandte mich von ihm ab und beobachtete die Seehunde, weil ich hoffte, ihn auf diese Art vertreiben zu können. „Hauen Sie ab, junger Mann, solange noch Zeit dazu ist." Seine Stimme war nur noch ein Zischen. „Hören Sie, Mister, Sie gehen mir ganz gehörig auf den Sack." Ich stöhnte ärgerlich. Aber als ich mich zur Seite drehte, war er wie vom Erdboden verschluckt. Für einige Sekunden ließ ich noch meinen Blick durch die Menge schweifen, auf der Suche nach seinem auffälligen Hut. Doch er blieb verschwunden.

Die Tage vergingen, und irgendwann war es September geworden. Den Plan, meine Reise fortzusetzen, hatte ich immer mehr aus den Augen verloren, und schließlich war ich in eine statische Ruhe verfallen. Ich fegte die Gehege, fütterte die Tiere, und zwischendurch verehrte ich Linda.

Es war an einem kühlen Morgen. Linda hatte sich verspätet, und so begann ich einstweilen ohne sie mit meinem Rundgang. Von der Küste her wehte ein frischer Wind, und die Flamingos hatten ihre Köpfe noch tief ins Gefieder vergraben und schliefen. Die erste Station auf meinem Weg war das Elefantenhaus, der flache, langgezogene Betonbau, in dem die alte Elefantendame Cora lebte. Die Arbeit war immer die gleiche. Man öffnete das Tor, ließ Cora ins Freie und fegte den Boden. Ich betrat das Haus und nahm den Besen, der gleich neben dem Eingang an der Wand lehnte. Zwei Sperlinge, die am Tag zuvor irrtümlich eingeschlossen worden waren, flogen laut zwitschernd durch das weitläufige Gebäude. Cora lag auf dem Boden und schlief. Daß es nicht Cora war, sondern bloß ihr abgetrennter Schädel, der da auf dem kalten Beton lag, merkte ich erst auf den zweiten Blick. Auch daß Blutspritzer die Wände verunstalteten, war mir zunächst nicht aufgefallen. In großen roten Lacken hatten sich Schwärme von Fliegen niedergelassen, um ihren Hunger zu stillen. Ich stand da und rang nach Luft, während sich in meinem Kopf alles zu drehen begann. Ich hatte nur noch den Wunsch, diesen Ort so rasch wie möglich zu verlassen. So rannte ich hinaus, wobei ich noch über ein lose herumliegendes

Bein von Cora stolperte, und übergab mich.
Der Detektiv mit den graumelierten Haaren stand breitbeinig da und schrieb konzentriert in seinen Notizblock. Nach meinem Anruf war die Polizei verhältnismäßig rasch erschienen, und nun blockierten zwei Streifenwagen den Eingang zum Elefantenhaus. Linda hatte einen Nervenzusammenbruch erlitten, nachdem man ihr berichtet hatte, was passiert war, und befand sich im Spital. „Ist Ihnen in der letzten Zeit irgend etwas Ungewöhnliches aufgefallen?“ wollte Detektiv Plant von mir wissen, ohne von seinem Notizblock aufzusehen. Zunächst verneinte ich seine Frage. Dann aber fiel mir die Sache mit dem Alten ein, und ich erzählte ihm davon. Plant schrieb sich alles in kurzen Stichworten auf und ließ den Block schließlich in seiner Sakkotasche verschwinden. „Fordern Sie ein paar Leute und einen Bus an“, raunte er einem Polizisten zu, der gerade mit einem Maßband am Boden herumhantierte. „Einen Bus?“ wiederholte ich. „Ganz recht“, antwortete Plant. „Wir nehmen das Tier mit zur Obduktion.“
Als der Bus im Zoo eintraf, war es bereits Nachmittag. Sie öffneten die Wagentüren, und ich sah, daß der Innenraum des Busses mit einer Plastikplane ausgeschlagen war. Sechs Männer hievten Coras Körperteile hinein und machten nach getaner Arbeit einen sehr erleichterten Eindruck.
Einige Tage später rief Mrs. Greenfield bei der Polizei an, um das Ergebnis der Obduktion zu erfahren. Zunächst war man der Meinung gewesen, daß ein Raubtier Cora angefallen hätte. Da ein Tier mit derartigen Ausmaßen in Florida allerdings längst hätte auffallen müssen, einigte man sich schließlich doch darauf, daß Coras Tod die Tat von Vandalen gewesen wäre. Vielleicht, so mutmaßte Plant, wären einige Personen mit einem Nachschlüssel ins Elefantenhaus eingedrungen und hätten dann das Tier geschlachtet. Verrückte Sekten und schwarze Zirkel gab es jedenfalls zur Genüge in diesem

Bundesstaat. Kurz darauf hatte ich eine Unterredung mit Mrs. Greenfield in ihrem Büro. „Wenn die Polizei nicht imstande ist, unsere Tiere zu schützen, dann werden wir es selbst tun“, sagte sie, und ihre alten Züge wirkten angespannt und entschlossen. Sie saß hinter ihrem Schreibtisch, mit der Brille auf der Nase, die ihr etwas seltsam Autoritäres verlieh, und gestikulierte wild mit ihren Armen. „Ich habe mit Ben, Lex und Joseph gesprochen. Sie sind damit einverstanden, eine Art Nachtwache zu übernehmen. Wären auch Sie dazu bereit?“ Sie beobachtete mich über den Rand ihrer Brille hinweg. Ich nickte stumm. „Sehr gut“, brummte sie zufrieden. „Wie wäre es gleich mit heute nacht?“ „Okay“, stotterte ich verblüfft. „Ich habe ohnehin nichts vor.“ Sie überlegte einen Augenblick. „Heute ist Mittwoch. Dann werden Sie ab nun immer Mittwoch Nachtwache haben.“ „Soll mir recht sein“, entgegnete ich. Sie stand bedächtig auf, ging zu einem Wandschrank und öffnete ihn. Sekunden später stockte mir der Atem, denn sie holte eine doppelläufige Schrotflinte daraus hervor. „Sie sollten etwas zu Ihrem Schutz dabei haben“, sagte sie, während sie die Waffe auf den Tisch legte. „Glauben Sie denn, daß das notwendig sein wird?“ Ich sah sie entgeistert an. Mrs. Greenfield zuckte mit den Schultern. „Sehen Sie, Nick, es wäre möglich, daß es sich bloß um ein paar durchgedrehte Jugendliche handelt. Es könnte aber auch etwas völlig anderes sein.“ Sie legte besorgt ihre Stirn in Falten. „Ich will nur sicher gehen, daß Sie im Ernstfall ihr Leben auch wirksam verteidigen können.“

Es wurde Abend, und die letzten Gäste hatten den Tierpark verlassen. Ich verabschiedete mich von Linda und den anderen mit einer herzlichen Umarmung, dann schloß ich das Tor und blieb allein zurück. Der alte Löwe ließ sein langgezogenes „Roar“ ertönen, während der Zoo allmählich in der Dunkelheit versank. Ich begann mit meinem Rundgang, hatte das Gewehr geschultert, und für Sekunden war ich der Großwildjäger Quatermain, den Stewart Granger im gleichnamigen Film so treffend verkörperte. Es war gespenstisch still. Bloß die Affen huschten wie kleine schwarze Geister hinter den Gitterstäben umher und schienen mit dem Kampf um irgend etwas beschäftigt zu sein. So angespannt ich in jener Nacht auch war, die ungewöhnlichen Ereignisse blieben aus. Und auch die darauffolgenden Nachtwachen verliefen langweilig, abgesehen davon, daß ich sie mit meiner Phantasie ein wenig versüßte. Und so vergingen wieder die Wochen. Die Bilder des getöteten Elefanten verblaßten allmählich in meiner Erinnerung, und ein Nachtdienst glich dem anderen. Die Nachtwache war zur fixen Einrichtung in unserem Dasein geworden, und auch Lex, Joseph und Ben gingen gewissenhaft auf Patrouille.

Was jenen Mittwoch betraf, so deutete nichts darauf hin, daß er anders verlaufen würde als all die vorhergegangenen. Linda und die anderen verabschiedeten sich wie immer, dann versperrte ich das Tor und blieb einsam zurück. Ich saß mutterseelenallein in der Dunkelheit auf einer Bank, und die Langeweile ließ mich in absurde Spiele verfallen. Ich hielt den Lauf der Flinte an meinen Kopf und legte den Finger an den Abzug. Gerade nur so stark, daß sich kein Schuß löste. Irgendwann begann mir dieses Spiel angst zu machen, und ich beschloß, das Gewehr wieder zu schultern und meinen Rundgang fortzusetzen. Es muß etwa ein Uhr gewesen sein. Um diese Zeit war es immer still im Zoo. Allerdings konnte ich mich nicht erinnern, die Stille je so bedrückend empfunden zu haben wie in jener Nacht. Der Kies knirschte unter meinen Füßen, und ich ließ meinen Blick über die Gehege schweifen, in denen alles Leben verstummt war. Das Gehege des Giraffenpärchens befand sich im Zentrum des Parks, gleich in der Nähe eines alten Brunnens. Vermutlich wäre mir in der Finsternis gar nichts Ungewöhnliches aufgefallen, hätte ich nicht die Tür des Giraffenhauses gesehen, die aus den Angeln gerissen war und mitten im Gehege lag. Eine Giraffe war aus dem Haus gerannt und sprang verstört auf der Wiese umher. Wo aber war die zweite? Ich öffnete das Tor und trat ein, das Gewehr umklammert wie ein Ertrinkender ein Stück Treibholz. Daß die Körperteile des anderen Tieres über die ganze Wiese verstreut waren, sah ich trotz der Dunkelheit. Das Wesen, das im Mondlicht saß und mit dem Kopf der Giraffe spielte, erkannte ich zunächst nur als großen, grotesken Schatten. Von seinen Körperformen her ähnelte es einem riesigen Wolf. Aber es war mehr als ein Tier. Es sah aus wie ein Geschöpf aus der Hölle. Seine hysterische zähnestarrende Fratze hielt den abgetrennten Schädel der Giraffe im Maul. Allerdings immer nur für wenige Sekunden. Dann schleuderte es die widerliche Trophäe in die Luft, um sie danach mit den Zähnen wieder aufzufangen. „Geben Sie mir das Gewehr." Eine leise Stimme drang plötzlich an mein Ohr. Ich sah zur Seite, und da war diese bizarre Person mit ihrem Tropenanzug und den geschnürten Wildlederschuhen. „Wie kommen Sie denn hierher?" preßte ich vorsichtig zwischen den Zähnen hervor. „Nun, es ist nicht allzu schwierig, sich in einem Zoo einschließen zu lassen", flüsterte der Alte zurück. „Jetzt geben Sie mir endlich das Gewehr. Ich bin seit mehr als dreißig Jahren hinter ihm her. Er gehört mir." Seine heisere Stimme säuselte gefährlich. „Was zur Hölle ist das?" Ich warf ihm einen schnellen Blick zu. „Das, junger Mann, ist eine Frage, die sich schon viele Generationen vor Ihnen gestellt haben", antwortete er. Meine Hände waren mittlerweile schweißnaß geworden, und das Gewehr rutschte in meinen Fingern. Als ich vorsichtig einen Schritt zu ihm hin machte und ein lautes Knacken vernahm, wurde mir schmerzlich bewußt, daß ich soeben auf einen Ast getreten war. Sekunden später stockte mir der Atem, denn das Wesen ließ den Giraffenschädel fallen und sah in unsere Richtung. „Mein Gott, er sieht uns", stammelte der Alte. Ein bedrohliches Knurren war zu hören. Das Geschöpf hatte uns bemerkt, darüber bestand kein Zweifel mehr. Wenige Augenblicke später geschah das Unausweichliche. Es kam auf uns zu. Näherte sich langsam und lautlos auf allen vieren. „Mein Gott, Nick, Sie zittern wie Espenlaub, geben Sie mir endlich das Gewehr", schrie der Alte. Das Wesen wurde jetzt schneller und schneller. Die letzten Meter hatte es sich wie ein Bär aufgerichtet und rannte auf den Hinterbeinen. „Sie Narr, schießen Sie endlich!" Die Stimme des Alten zerriß die Nacht. Es war wie in einem bösen Traum, in dem jeder Versuch, das Verhängnis abzuwehren, mißlingt. Das Gewehr glitt aus meinen Händen, noch ehe ich abdrücken konnte. Das Wesen hatte sich vom Boden abgestoßen. Es sprang uns an wie zu einem letzten schaurigen Finale. Sekunden später hörte ich einen ohrenbetäubenden Schuß. Das Mündungsfeuer blendete mich, und ein mächtiger Körper fiel vor uns in den Staub. Als sich die hellen Punkte, die vor meinen Augen tanzten, allmählich aufzulösen begannen, sah ich den Alten, wie er breitbeinig dastand, mit versteinerter Miene, das Gewehr sicher in seinen Händen. Vor meinen Füßen rang ein seltsames Geschöpf mit dem Tod. Es blähte seine Nüstern, und das Blut, das aus seinem Maul drang, wirkte im Mondlicht fast schwarz. Ein wenig erinnerte mich die Szene an einen Stierkampf, bei dem der sterbende Bulle im Staub der Arena sein Leben aushaucht. Und dann passierte etwas Unfaßbares. Krallen zogen sich in die Haut zurück wie Pfadfinder in ihre Schlafsäcke. Haare verschwanden und gaben den Blick auf rosa Haut frei. Und der zähnestarrende Rachen begann sich zu verändern, nahm die Konturen eines menschlichen Kiefers an. Auf einem muskelbepackten Oberarm erschien eine dramatische Tätowierung, die mir vertraut war. Lex atmete nur noch schwach. Aus seinem Mund drangen gurgelnde Laute, und Blut lief über seine Wange. „Ich glaube, er will Ihnen etwas sagen", flüsterte der Alte. Ich beugte mich zu ihm hinab und hielt mein Ohr nahe an seinen Mund. „Nach Mesa Verde, geh nach Mesa Verde“, stöhnte er. Dann schloß er die Augen für immer.

Es war einer der skurrilsten Fälle, mit dem sich die Polizei je beschäftigen mußte. Da gab es einen erschossenen Tierpfleger, der nackt in einem Gehege lag. Da war ein alter Mann mit einem Gewehr, der jedem, der es hören wollte, erklärte, er hätte das Böse besiegt. Und dann gab es noch mich, einen Motorradfreak, der die Aussage des Alten in jedem Punkt bestätigte. Daß Mrs. Greenfield und die anderen mich für verrückt hielten, konnte ich ihnen nicht verdenken. Ich kündigte meinen Job und beschloß, ihnen bis zur Gerichtsverhandlung aus dem Weg zu gehen. Nur mit Linda sprach ich öfters. Ich stand meistens vor dem Ausgang und wartete, wenn sie abends den Zoo verließ. Seltsamerweise schlug sie nun meine Einladungen in die Cafeteria nicht mehr aus. Ich vermutete, daß ich ihr einfach nur leid tat.

Wir saßen an einem kleinen Tisch in der Abendsonne und beobachteten die Kellner auf der Terrasse, die geschäftig zwischen den Gästen umherhuschten. „Du glaubst mir nicht, habe ich recht?“ Ich sah ihr eindringlich in die Augen, als könnte ich damit meine Glaubwürdigkeit untermauern. „Ich glaube, daß du es glaubst“, antwortete sie und nahm besorgt meine Hand. Am Nebentisch war ein Pärchen in eine lautstarke Auseinandersetzung verfallen und zog für Sekunden unsere Aufmerksamkeit auf sich. „Lex hat im Sterben von Mesa Verde gesprochen. Ist er dort aufgewachsen?“ Linda zuckte mit den Schultern. „Ich habe keine Ahnung, Nick.“ „Ich erinnere mich jetzt ganz genau“, sagte ich. „Er flüsterte: Geh nach Mesa Verde. Weißt du, was er damit gemeint haben könnte?“ Sie strich mir durchs Haar, wie sie es immer tat. „Nick, hör endlich auf, dich zu quälen. Du solltest diese Geschichte so rasch wie möglich vergessen.“

Die Gerichtsverhandlung geriet zur Farce. Ich hatte den Eindruck, daß jeder daran interessiert war, den sonderbaren Fall so rasch wie möglich zu den Akten zu legen. Einhellig kam man zu dem Schluß, daß Lex der irre Tiermörder war. Aber auch sein mysteriöser „Jäger“, so stellte man fest, sei von paranoiden Wahnvorstellungen gepeinigt. Der Alte, dessen Name Eugen Sandow war, wurde auf unbestimmte Zeit in eine psychiatrische Klinik eingewiesen. Was mich betraf, so war man der Meinung, daß ich in der Dunkelheit einfach einer optischen Täuschung erlegen wäre.

Ich erinnere mich noch genau an den Abend nach der Verhandlung. Ich stand mit Linda vor der Cafeteria, und wir umarmten uns zum Abschied. Sie drückte ihre Nasenspitze auf meine, und Sekunden später küßten wir uns zum ersten Mal. „Geh nicht nach Mesa Verde“, hauchte sie mir ins Ohr. „Ich weiß nicht, was du dort zu finden hoffst.“ „Genaugenommen weiß ich es auch nicht“, entgegnete ich. „Aber eines ist mir mittlerweile klar geworden: Lex wollte mir irgend etwas sagen, bevor er starb. Und ich werde herausfinden, was es war.“ Ich schwang mich auf mein Motorrad und fuhr davon. Im Rückspiegel konnte ich sie noch erkennen, wie sie am Straßenrand stand. Bis sie nur noch ein kleiner Punkt war, der schließlich verschwand.

Das Tal von Mesa Verde: die Ruinen einer alten indianischen Kultur, die aussahen, als wären sie auf den Fels geklebt. Ein beliebtes Ziel für Touristen und Archäologen. Nicht weit davon entfernt: eine typische Kleinstadt. Einige Häuser, eine Tankstelle, eine Kirche und ein Motel. Ich nahm mir ein Zimmer und schlenderte anschließend durch den Ort. Ich erinnerte mich, daß bei der Gerichtsverhandlung Lex’ Nachname gefallen war, und so führte mich mein erster Weg direkt zum Einwohneramt. Ich las die Akten, bis mir der Kopf schmerzte. Doch so sehr ich auch suchte, ich fand keinen Hinweis darauf, daß ein Mann mit dem Namen Lex Stevenson je hier gelebt hatte. Ich irrte danach ziellos durch die Straßen, stellte mir ständig die Frage, was ich denn eigentlich hier zu finden gehofft hatte, und landete schließlich wieder in meinem Motel. Die Luft an der Rezeption war zum Schneiden, und der kleine Ventilator an der Decke blies den Rauch in meine Augen, statt daß er Erleichterung gebracht hätte. Die Besitzerin des Motels stand hinter der Theke und hielt ein Whiskyglas in ihrer Hand. Ein wenig sah sie aus wie ein Mädchen, das vor vielen Jahren hier vergessen worden war. Der viel zu stark geschminkte Mund versuchte ein Lächeln, während die schummrige Beleuchtung wie ein gnädiger Weichzeichner wirkte. Sie bot mir auch einen Whisky an und beobachtete mich mit müden Augen. „Reisen Sie morgen wieder ab?" „Ganz recht", antwortete ich und prostete ihr zu. „Sind Sie wegen der indianischen Stadt gekommen?" Ich schüttelte den Kopf. „Seltsam", sagte sie. „Die meisten kommen wegen unserer archäologischen Sensationen. Ich kann mir nicht vorstellen, warum man sonst freiwillig dieses Nest aufsuchen sollte." Sie sah mich an, als brenne sie darauf, meine Geschichte zu erfahren. „Ein Mann hat mir diese Stadt genannt, kurz bevor er starb", begann ich vorsichtig. „Ich habe am Einwohneramt nach seinem Namen gesucht, aber es scheint, als hätte er nie hier gelebt." „Wie hieß der Mann?" Sie zog interessiert eine Braue in die Höhe. „Lex Stevenson", preßte ich hervor, während ich das Glas an meinen Mund führte. Sie zündete sich eine Zigarette an und blies kleine Wolken in den Raum, die schwer unter der Thekenbeleuchtung hängenblieben.

„Eigenartig", sagte sie schließlich. „Ich kannte mal einen Mann mit diesem Namen. Das ist allerdings schon dreißig Jahre her." „Schießen Sie los." Ich zwinkerte ihr aufmunternd zu. „Es ist eine traurige Geschichte, und ich bin nicht sicher, ob Sie sie wirklich hören möchten." Sie hielt ihr Glas Whisky ins Licht, als könnte sie darin irgend etwas erkennen, und begann zu erzählen.

„Er kam mit einem Wanderzirkus hierher in die Stadt. Er war groß, muskulös und sah umwerfend aus. Und ich war ein junges Mädchen. Sie verstehen, was ich damit sagen möchte?“ Ich nickte und lächelte ihr zu. „Jedenfalls verliebten wir uns Hals über Kopf ineinander. Mein Problem war, daß auch der Sohn unseres Sheriffs ein Auge auf mich geworfen hatte.“ Sie nahm einen Schluck Whisky, und in ihren Augen spiegelte sich ein Hauch von Traurigkeit. „Er begann, obskure Geschichten über Lex zu erfinden. Er erzählte, daß er Lex dabei beobachtet hätte, wie er am Morgen nackt aus der Wüste kam, mit einem getöteten Kojoten in seinen Händen. Die Leute in dieser Gegend waren damals überaus abergläubisch, und diese Geschichten blieben nicht ohne Wirkung. Unter dem Druck der Bevölkerung zog der Zirkus weiter, und Lex mit ihm.“ Sie hielt kurz inne und ballte ärgerlich ihre Faust. „Mein Gott, ich hätte Eugen Sandow dafür umbringen können.“ „Sagten Sie Eugen Sandow?“ Ich sah sie entgeistert an. „Ganz recht“, antwortete sie. „So hieß der Sohn unseres Sheriffs.“ „Wissen Sie, was aus ihm geworden ist?“ Sie schüttelte den Kopf. „Ich habe keine Ahnung. Eines Tages war auch er verschwunden. Und ich bin immer noch hier, wie Sie sehen können.“ Sie lachte herzhaft. „Da fällt mir ein, ich habe eine Fotografie von Lex.“ Sie verschwand unter der Theke und begann in einer Lade zu kramen, wobei sie sich einige Male den Kopf stieß. Schließlich erhob sie sich und reichte mir ein Foto. „Das war Lex“, sagte sie. „Und dahinter sehen Sie die anderen Mitglieder des Wanderzirkus. Das Bild ist nach dreißig Jahren natürlich schon ein wenig verblaßt, aber die Personen darauf sind immer noch gut zu erkennen.“ Ich nahm das Foto und sah Lex. Seltsam, schoß es mir durch den Kopf. Er hat sich seit damals kaum verändert. Er spannte seine Muskeln an und hielt seine imposante Tätowierung in die Kamera. Gerade als ich das Bild zur Seite legen wollte, fiel mein Blick auf die Personen im Hintergrund. Da war diese alte Dame mit ihrer Brille auf der Nase, und ich mußte mir eingestehen, daß auch an Mrs. Greenfield die Zeit spurlos vorübergegangen war. Da waren Ben und Rita, die genauso freundlich in die Kamera lächelten, wie ich sie in Erinnerung hatte. Auch an Josephs debilem Gesichtsausdruck hatte sich seit damals nichts verändert. Und schließlich sah ich noch Sue, die neben einem Planwagen stand. Flankiert von einer braungebrannten, vitalen Person, deren Lächeln ich so gut kannte.

Es war bereits dunkel, als Mrs. Greenfield von ihrem Rundgang zurückkam und das Büro betrat. Ich saß hinter ihrem Schreibtisch und beobachtete sie, wie sie ihren Hut vom Kopf nahm und die Handtasche auf die Ablage stellte. „Guten Abend, Mrs. Greenfield“, sagte ich bedächtig. Sie fuhr herum und sah mich erschrocken an. „Was machen Sie denn hier? Und wie zur Hölle sind Sie hier hereingekommen?“ „Ich bin auf der Suche nach der Wahrheit“, antwortete ich. „Und was Ihre zweite Frage betrifft: Es ist nicht schwer, sich in einem Zoo einschließen zu lassen, wie unser alter Freund Eugen Sandow zu sagen pflegt.“ Ich grinste breit. „Sie wollen also die Wahrheit wissen, junger Mann.“ Mrs. Greenfield verschränkte die Arme und durchbohrte mich mit ihren stechenden Augen. Aber ich hielt ihrem Blick stand. „Die Wahrheit ist, daß sich Lex nicht mehr an die Spielregeln gehalten hat“, sagte sie. „Er wurde in den letzten Jahren immer durchgedrehter und begann, unsere Tiere zu dezimieren. Es war nur noch eine Frage der Zeit, wann er einen Menschen töten würde.“ Sie stand unter dem Schein der Deckenleuchte, und ich konnte mich des Eindrucks nicht erwehren, daß ihre Nase zu wachsen begann. „Wir mußten Lex loswerden, aber keiner von uns war bereit, einen langjährigen Weggefährten zu erschießen.“ Ich starrte auf ihr Gesicht und war mir mit einem Mal sicher, daß ich keiner optischen Täuschung erlegen war und daß ihre Nase tatsächlich wuchs. „Wir haben jemanden gesucht, der das für uns erledigt. Sie sollten der Mann sein, der abdrückt.“ Ihre Stimme begann sich auf seltsame Weise zu verändern. „Aber niemand von uns konnte ahnen, daß dieser Idiot Sandow hier auftauchen würde.“ Die Brille auf ihrer überdimensionalen Nase zerbrach in tausend Scherben, und ich fühlte, wie sich die Angst um meinen Körper legte, als wäre sie ein kalter Mantel. „Lex hatte keine Ahnung, daß bei den Nachtwachen ein Gewehr im Spiel war. Verstehen Sie, Nick, er wurde einfach zu gefährlich. Wir mußten ihn loswerden.“ Ihre Haut platzte, und eine dunkle Fellbehaarung kam zum Vorschein. „Und was ist mit euch anderen?“ schrie ich, von Panik getrieben. „Seid ihr nicht gefährlich?“ „Natürlich sind wir das“, raunte sie. „Aber wir haben uns hier längst selbst in Verwahrung genommen.“ Sie stand jetzt direkt unter der Lampe. Mit ihrem grotesken Wolfsschädel und dem behaarten Körper, der immer noch in einem Damenkostüm steckte, erinnerte sie mich fatal an das Märchen von Rotkäppchen. Ich sprang vom Stuhl, um die Tür zu erreichen, als mich eine mächtige Pranke an der Schulter traf. Messerscharfe Krallen bohrten sich in meinen Körper, legten Sehnen und Muskeln frei. Blut spritzte fast gemäldehaft auf Mrs. Greenfields Schreibtisch. Bis mich endlich eine gnädige Ohnmacht erlöste.

Seit den Geschehnissen von damals sind viele Wochen vergangen, und mein Leben läuft wieder in gewohnten Bahnen. Ich fege die Käfige, füttere die Tiere und liebe Linda. „Wir haben uns hier selbst in Verwahrung genommen.“ Gelegentlich höre ich noch Mrs. Greenfields Stimme in meinem Ohr. Und so manche Besucher unseres Zoos werden sich vielleicht fragen, warum das Wolfsgehege immer leer steht. Was sie nicht ahnen können, ist, daß das Gehege in manchen Nächten von sieben Wölfen bevölkert wird. In einer solchen Nacht fällt dann das Mondlicht besonders hell in die Käfige, während Linda und ich unruhig an den Gitterstäben entlangstreichen. Dennoch sollte

sich niemand unser Leben allzu romantisch vorstellen. Wer je im Morgengrauen nackt aus einem Tiergehege klettern mußte, weiß, wovon ich spreche. Und so wird die Sonne auch weiterhin tagtäglich im Tierpark von Mrs. Greenfield aufgehen. Der alte Löwe wird sein langgezogenes „Roar“ ertönen lassen, und die Flamingos werden ihre Köpfe in ihrem Gefieder verstecken. Und was uns Wölfe betrifft: Niemand zwingt uns, in den Käfigen zu bleiben. Wahrscheinlich wird ohnehin nur selten ein Mensch zu irgend etwas gezwungen. Wie hatte Linda einst zu mir gesagt?
„Im Grunde genommen bin ich frei.“ Ja, im Grunde genommen sind wir das alle.

Die Hüter des Lichts

Im Grunde genommen war der Ort, an dem ich mich befand, gar nicht so übel. Zog man in Betracht, daß ich in einer Klinik für Suchterkrankungen war, dann mußte man die Atmosphäre durchaus als angenehm bezeichnen. Es gab keine gellenden Schreie in der Nacht, die einem den Schlaf raubten. Man sah keinen Wahnsinn, der sich in die Gesichter der Patienten gegraben hatte. Genaugenommen war es nur beklemmend ruhig hier. Die Tränen der Anwesenden waren die von der stillen Art. Während des Tages sah man die meisten von ihnen in der gepflegten Parkanlage, wo sie auf Liegen und Klappstühlen saßen. Einige zitterten mit ihren Armen und Beinen, andere hatten den Kopf auf ihre Arme gestützt und schliefen, manche starrten einfach geradeaus. Am Morgen hörte man das Gezwitscher der Vögel, die sich auf den alten Tannen niedergelassen hatten, und das Rauschen der Brunnen, die überall auf dem Gelände installiert waren, vermutlich, um beruhigend auf die Patienten einzuwirken. Gegen Mittag nahm man den Geruch von Bratensaft wahr, der aus dem Speisesaal drang und sich über das gesamte Areal verbreitete.

Ich sah Schwester Virginia zum ersten Mal gleich nach meiner Ankunft. Sie war gerade dabei, Medikamente auszugeben, und sah aus wie eine Heilige, die an einem kalten Wintertag Mäntel an Bedürftige verteilte. Manchmal warf sie mit einer raschen Bewegung des Kopfes ihr Haar zurück, das ihr ins Gesicht fiel. Wie sie mir später einmal erzählte, hatte sie den pechschwarzen Kopfschmuck von ihrem Vater geerbt, der indianischer Abstammung war. Auch sonst war sie eine imponierende Erscheinung. Selbst der sterile Schwesternkittel wirkte an ihr so feminin, als würde sie ein Modellkleid tragen. Sie war der erste

Mensch hier, dem ich meine Geschichte erzählte, lange noch bevor ich die Gruppentherapie der Klinik in Anspruch nahm. Die Geschichte von einem erfolgreichen jungen Anwalt, der eines Abends von einer feuchtfröhlichen Party heimfuhr und bei einem waghalsigen Wendemanöver einen schweren Unfall verursachte. Seine Verlobte kam dabei ums Leben, während er wie durch ein Wunder nur leicht verletzt wurde. Die Verletzungen heilten rasch. Geblieben waren quälende Schuldgefühle, die er mit Alkohol zu lindern versuchte. Anfangs nur gelegentlich, wie ich ihr versicherte, dann immer öfter. Schließlich führte der Whisky dazu, das er Gerichtstermine platzen ließ und langsam ins berufliche Aus schlitterte. Die Flasche nahm Besitz von seinem Leben, verdrängte Freunde und Bekannte. Bis ihn schließlich auch die letzten Menschen, denen er etwas bedeutete, entnervt fallen ließen. Körperlich und seelisch am Ende, hatte er aber noch genügend Geld auf der hohen Kante. Irgendwann machte sich ein letzter Rest von Selbsterhaltungstrieb bei ihm bemerkbar. Die Entziehungskur in der noblen Privatklinik im Herzen von Denver war der letzte Versuch, sein Leben wieder in den Griff zu bekommen. Ich erzählte Schwester Virginia von dem Geräusch des berstenden Blechs, das ich immer noch in meinen Ohren hatte. Von meinen Alpträumen, die mich Nacht für Nacht heimsuchten. In denen wir wie in Zeitlupe durch den Wagen geschleudert wurden, mit Augen, die vor Angst geweitet waren, und aufgerissenen Mündern, in die sich der ganze Schrecken eingegraben hatte. „Sie sollten Ihre Tabletten nehmen“, sagte sie mit besorgter Miene. „Sie würden dann besser schlafen.“ Wie sie denn darauf gekommen wäre, daß ich meine Medikamente nicht nahm, wollte ich von ihr wissen. „Nun, ich merke so etwas einfach“, antwortete sie und lächelte. „Sehen Sie, Mister Spencer, die Tabletten helfen Ihnen beim

Einschlafen, und sie lindern die Entzugserscheinungen. Sie nicht zu schlucken ist falsch verstandenes Heldentum. Sie nehmen ja auch eine Tablette, wenn Sie Kopfschmerzen haben." Was sie erklärte, war einleuchtend, und ich versprach ihr, ab nun ihre Anweisungen zu beherzigen. Die darauffolgenden Wochen veränderten mein Leben. Der Entzug, so schien es, trieb seltsame Blüten. Schwester Virginia erzählte mir später, daß ich von Fledermäusen phantasiert hätte, die von der Decke meines Zimmers fielen und sich an meinem schweißnassen Pyjama festkrallten. Einmal schleuderte ich das Essen, das sie mir gebracht hatte, durch das Zimmer, weil ich glaubte, darauf ekelhaftes Gewürm zu erkennen. Irgendwann allerdings verließ das Gift meinen Körper. Oder wie Schwester Virginia es poetisch ausdrückte: Hinter einem wimmernden Nervenbündel wurde ein intelligenter, charmanter Mann sichtbar. Wenn ich nicht gerade in der Gruppentherapie war, ging ich mit ihr in der weitläufigen Parkanlage spazieren, wo wir uns über Gott und die Welt unterhielten, und eines Tages war unser förmliches Sie einem vertrauten Du gewichen.

An einem heißen Tag im Juni hatten sich die Mitglieder meiner Therapiegruppe im Festsaal der Klinik eingefunden. Allen voran unser Therapeut Ed Craven. Es war der letzte Tag vor meiner Entlassung, und das wollte man gebührend feiern. Ich hatte eine kleine Rede vorbereitet, bestieg das Podest und begann mich zu räuspern. „Morgen werde ich wieder hinausgehen in die Welt da draußen", sagte ich. „Sicher, einige Narben auf meiner Seele sind geblieben, und meine Leber ist auch nicht mehr die beste. Aber ich weiß, daß ich euch nicht enttäuschen werde. Ich werde es schaffen, und das habe ich nur euch zu verdanken." Ich hielt kurz inne und wischte mir verstohlen eine Träne aus dem Augenwinkel. „Ohne euch wäre ich nie so weit gekommen." Die Anwesenden klatschten Beifall und trommelten mit ihren Beinen, während Virginia applaudierend aufstand und lächelnd ihre schwarze Mähne in den Nacken warf.

Es wurde Abend, und wie immer erstrahlte der Pavillon in hellem Licht. Ich saß mit Virginia auf der Veranda, wo wir die Sterne beobachteten, und eine Weile sprachen wir beide kein Wort. Tief in mein Innerstes hatte sich ein Gefühl von Wehmut geschlichen. In wenigen Stunden würden sich für mich die Tore der Klinik öffnen, und sie würde für immer aus meinem Leben verschwinden. „Ich habe Angst", sagte ich plötzlich. Sie sah mich erstaunt an. „Angst vor der Welt da draußen?" Ich nickte. „Hör zu, Martin. Hast du je daran gedacht, dein altes Leben gegen ein anderes zu tauschen? Gegen ein völlig neues, spirituelleres Dascin?" Sie beobachtete mich interessiert. „Sagtest du, ein spirituelleres Dasein?" Ich zog fragend eine Braue in die Höhe. Sie kam ganz nahe an mich heran, als wollte sie mich in eine gigantische Verschwörung einweihen. „Hast du je etwas von den Hütern des Lichts gehört?" „Hör zu, Virginia", antwortete ich. „Ich hatte mit Sekten noch nie viel am Hut, und ich bin auch nicht scharf darauf, in einem Langhaus zu wohnen und auf irgendwelchen Feldern zu arbeiten." Sie lächelte mich an und machte eine abwehrende Handbewegung. „Nicht alle von uns arbeiten auf den Feldern. Einige sind auch im Außendienst tätig, so wie ich." Ich sah sie entgeistert an. „Virginia, du fängst an, mir unheimlich zu werden", scherzte ich. Sie warf wieder ihre schwarze Mähne in den Nacken, während auf ihren Mundwinkeln ein Anflug von Trotz zu erkennen war. „Hör zu, Martin. Du warst dein Leben lang hinter dem Zaster her. Und was hat es dir gebracht? Nichts. Du bist hier bei uns gelandet. Was also liegt näher, als es einmal mit neuen Werten zu versuchen?" Sie griff in die Tasche ihres Kittels und holte ein Stück Papier hervor, das wie eine Visitenkarte aussah. Als sie es mir in die Hand drückte, konnte ich fremdartige Schriftzeichen darauf erkennen. „Mit diesem Paß kommst du auf das Gelände", erklärte sie geheimnisvoll. „Du wirst dort einem unglaublichen Menschen begegnen, der dein Leben verändern wird. Nütze diese Chance. Was hast du denn schon zu verlieren?" Sie sah mich eindringlich an. „Es wartet doch sonst niemand mehr auf dich da draußen." Und dann sagte sie etwas, das mit einem Mal mein Interesse entflammte. „Wir treffen uns dort in zwei Wochen."

Der Himmel war postkartenblau, die Bergwelt von Montana erstrahlte in ihrer ganzen Schönheit, und aus dem Autoradio dudelte Countrymusic. Während der Fahrt begann ich, an meinem Verstand zu zweifeln. Gerade erst aus einer Klinik für Suchterkrankungen entlassen, saß ich in meinem Wagen und war auf dem Weg zu einer obskuren Sekte, die sich die Hüter des Lichts nannte. Wenn ich damals auch viele Gründe für diese Fahrt zu finden glaubte, so muß ich mir heute eingestehen, daß der einzige Grund für mein Tun die Freude darauf war, Virginia wiederzutreffen. Wenn ich an sie dachte, war es, als würde ich nie einen ganzen Menschen oder ein Gesicht vor mir sehen, sondern immer nur Bilder mit erotischen Symbolen. Einmal sah ich ihr schwarzes Haar zum Greifen nah vor mir. Dann wieder ihre strahlend weißen Zähne, oder ein Stück Bein, das vorwitzig zwischen dem Schwesternkittel hervorsah. Gelegentlich blieb ich stehen, um am Straßenrand die Karte zu studieren. Schließlich wurde die Vegetation, die an der Windschutzscheibe vorbeihuschte, immer spärlicher, woran ich erkennen konnte, wie hoch ich mich bereits in den Bergen befand. Irgendwo an einer Abzweigung war ich abgebogen, und nun holperte ich eine steinige Fahrrinne entlang, die, wie mir schien, kein Ende nehmen wollte. Gerade dachte ich daran umzukehren, weil ich glaubte, mich verfahren zu haben, da tauchte es plötzlich vor mir auf. Ein riesiges Tor aus Holzstämmen, das wie ein Fort aus einem Western aussah. Ich hielt den Wagen an und stieg aus, um mich umzusehen. Ich hatte noch nicht einmal einen Schritt vor den nächsten gesetzt, da zerriß eine schroffe Männerstimme die Stille. „Das hier ist Privatgrund, Mister. Wir wollen hier keine Reporter." Ich sah mich um, aber weit und breit war niemand zu erkennen. „Hier bin ich, hier oben." Erst jetzt sah ich den Turm, der über dem Holzwall emporragte, und den Mann, der sich zu mir herabbeugte. „Ich bin kein Reporter", rief ich nach oben. „Ich möchte Ihnen hier etwas zeigen." Ich hielt Virginias Karte in die Höhe, während er neugierig die Treppe herunterkam. Ich hatte mir die Hüter des Lichts eher wie einen Haufen liebenswerter Ökofreaks vorgestellt. Doch der Mann, den ich sah, wirkte eher wie eine Gestalt aus dem vorigen Jahrtausend. Er trug ein Leinengewand, das ihm bis zu den Knöcheln reichte. Sein schulterlanges Haar war so exakt zu gleicher Länge geschnitten, als hätte man dafür ein Lineal verwendet, und ein lächerliches Leninbärtchen zierte sein Gesicht. Er beugte sich über den Holzwall, um das Stück Papier genauer zu sehen, und Sekunden später wurden seine Gesichtszüge schlagartig freundlicher. „Ich komme, ich eile", rief er mir zu, und bald darauf öffnete sich knarrend das Tor. Als ich eintrat, fiel er mir um den Hals und küßte mich zu meinem Schrecken auf die Stirn. „Willkommen zu Hause, Bruder", rief er immer wieder freudig. „Mein Name ist Gwendon." „Ich bin Martin", sagte ich, nachdem ich mich einigermaßen von dem Schock erholt hatte. Er legte in einer freundschaftlichen Geste seinen Arm um meine Schulter, was mir signalisieren sollte, mit ihm zu kommen. Wir gingen einen grasbedeckten Hügel hinauf, und als wir oben angekommen waren, glaubte ich meinen Augen nicht zu trauen. Anstatt der Handvoll Leute, die ich erwartet hatte, sah ich eine Szenerie, die an ein Rockkonzert erinnerte. Die Wiese war voll von Menschen, so weit das Auge reichte. Zwischen der pulsierenden Masse ragten Videowände in den Himmel, von einer Größe, wie ich sie noch nie zuvor gesehen hatte. Was immer man auch auf diesen Wänden zeigte, es würde kilometerweit zu sehen sein. Am Horizont erstreckte sich eine endlose Reihe von Bungalows, die wie ein Feriendorf wirkten, und ich konnte auch einige Felder und einen kleinen See erkennen. „Donnerwetter, Gwendon", stotterte ich verblüfft. „Ich hätte nie gedacht, daß ihr so viele seid." „Wir sind, um es genauer zu formulieren, über fünfhundert", erklärte er, nicht ohne Stolz, wie mir schien. „Und wir werden jeden Tag mehr." „Was um Himmels willen geht hier eigentlich vor?" Ich beobachtete ihn genau. „Das Ganze hier sieht aus wie eine Invasion." Er lächelte vieldeutig. „Deine Fragen werden dir noch früh genug beantwortet", sagte er. „Aber laß uns jetzt hinuntergehen. Deine Familie erwartet dich." Als wir den Hügel hinabgingen, kamen uns unzählige Menschen entgegen, die mir alle um den Hals fielen und einen Kuß auf die Stirn drückten. So paradox mir diese Szene auch heute erscheint, so muß ich mir doch eingestehen, daß ich es damals genoß. Es war tatsächlich so, als wäre ich nach langer Abwesenheit wieder zu meiner Familie zurückgekehrt. Irgendwann, als ich fast trunken war von den ständigen Umarmungen, glaubte ich in der Menge einen schwarzen Haarschopf zu erkennen und ein Lächeln, das mir vertraut war. Sie hatte ihren weißen Schwesternkittel gegen ein helles Leinenkleid getauscht und sah fast unwirklich schön aus. „Ich freue mich so unglaublich, daß du zu uns gefunden hast", flüsterte sie, während wir uns umarmten. „Was geht hier vor, Virginia?" fragte ich sie. „Was ist das hier?" Sie nahm mich sanft am Arm und zog mich mit sich. „Das hier ist einfach ein schöner Ort", antwortete sie. Unser Weg führte in die Richtung der Siedlungen, vorbei an chromblitzenden Landwirtschaftsmaschinen. „Wo werde ich heute schlafen?" Ich ließ meinen Blick nachdenklich über das weitläufige Areal wandern. „Wir haben ein Haus für uns allein", hauchte sie nahe an meinem Ohr. „Sagtest du wir? Du hast recht, Virginia, das hier ist wirklich ein schöner Ort." Die Sonne versank bereits hinter den Hügeln, als wir das Haus erreichten, das uns zugeteilt worden war. Obwohl der Bungalow winzig klein war, strahlte er eine einladende Gemütlichkeit aus. Mit seinen weiß getünchten Mauern hätte man ihn eher an einem Strand vermutet als in der Bergwelt Montanas. Ich stand mit ihr auf der kleinen Terrasse und sah mich um. „Wer finanziert das alles hier?" Ich schüttelte ungläubig den Kopf. Virginia ging auf mich zu, schlang die Arme um mich und sah mir tief in die Augen. „Du stellst einfach zu viele Fragen." „Eine Frage hätte ich allerdings noch", entgegnete ich. „Und die wäre?" Sie zog interessiert eine Braue in die Höhe. „Welche Tätigkeit werde ich hier ausüben?" Sie zeigte zu einem grünbewaldeten Hügel am Horizont. „Wir arbeiten in den Obstgärten." „Aber ich habe keine Ahnung von der Ernte." Sie drückte ihre Lippen auf meine, und wir küßten uns, während im Hintergrund das monotone Geräusch einer Bewässerungsanlage zu hören war. „Von einigen Dingen jedenfalls hast du eine Ahnung", sagte sie schließlich, während sie mich bei der Hand nahm und lachend ins Haus zog.

Der nächste Tag begann mit einem lauten Hupsignal, das über das gesamte Gelände hallte, und kurze Zeit später befanden wir uns in den Obstgärten. Wir kletterten in den Bäumen umher wie Menschen aus der Frühzeit und warfen Äpfel und Birnen hinunter, die von anderen mit großen geflochtenen Körben eingesammelt wurden. Die Arbeit war eintönig, und doch hatte ich den Eindruck, sie würde neue Lebensgeister in mir wecken. Mein alter Beruf war plötzlich in weite Ferne gerückt, und so seltsam es auch klingen mag, ich sah in der Obsternte plötzlich ein nützlicheres, befriedigenderes Tun als in meiner früheren Tätigkeit. Wenn ich am Morgen aus dem Haus trat und zu den nebelverhangenen Bergen sah, hatte ich das Gefühl, ich hätte nie woanders gelebt als in diesem Camp hier in Montana. Auch meine Schlafstörungen von einst hatten sich in Luft aufgelöst. Mein Schlaf war mittlerweile ruhig und fest geworden. Gestärkt durch eine neue Lebensfreude, hatte ich immer weniger Lust, mich mit dem Glauben oder der Ideologie der Sekte zu beschäftigen. Nur einmal wollte ich von Virginia wissen, ob diese Ideologie vielleicht einfach darin bestünde, keine Fragen zu stellen. Sie lächelte und schüttelte den Kopf. „Nur Geduld“, sagte sie mit verschwörerischer Miene. „Du wirst in wenigen Tagen viele Dinge klarer sehen.“

Es war an einem Nachmittag. Ich weiß heute den Wochentag nicht mehr, weil ich jedes Zeitgefühl verloren hatte, da fanden sich die Hüter des Lichts allesamt auf der großen Wiese ein. Die riesigen Monitoren wurden eingeschaltet, und das Gelände war schwarz von Menschen. Ich sah Keoma zum ersten Mal, als sie auf ihrer Sänfte durch die jubelnde Menge getragen wurde, und konnte nicht verstehen, warum gerade sie die Massen derart in ihren Bann schlug. Die Frau, die von der Sänfte auf das Podium stieg, war klein, untersetzt und hatte ausladende Hüften. Mit ihrer Hornbrille auf der Nase erweckte sie eher den Eindruck einer biederen Hausfrau aus Montana als den einer charismatischen Sektenführerin. „Nomed hat heute zu mir gesprochen“, piepste sie ins Mikrophon, während sie auf einem Stuhl Platz nahm, und die Menschen auf der Wiese schrien begeistert auf. „Er sagt, daß das erste Zeichen unmittelbar bevorsteht, und möchte eine kurze Botschaft an euch richten.“ Auf den Monitoren war Keomas Gesicht in Nahaufnahme zu erkennen, das die Augen schloß und mit einer seltsam veränderten Männerstimme weitersprach. „Es ist soweit. Das erste Zeichen ist nah.“ Ihre Worte hallten über das Gelände. „Der Meeresboden wird aufbrechen und giftige Dämpfe entweichen lassen. Millionen toter Fische werden vor der Küste Südamerikas treiben. Sie werden an den Strand gespült bei der Stadt, die ihr Rio de Janeiro nennt.“ Während sie sprach, glaubte ich meinen Augen nicht zu trauen. Auf den Monitoren war deutlich zu sehen, wie eine gallertartige Masse aus ihrer Nase und ihren Ohren drang. In einem Zustand völliger Trance wiegte sie den Kopf auf und ab, während das schleimige Sekret den Kragen ihrer Bluse durchnäßte. Irgendwann ging ein Rütteln durch ihren ganzen Körper, und der Spuk war zu Ende. Die Masse jubelte, während sich Keoma wie ein Bühnenstar verbeugte und auf ihre Sänfte stieg. Vier hünenhafte Typen wuchteten sie in die Höhe und entschwanden rasch mit ihr durch die Menge, als gelte es, einen kostbaren Schatz in Sicherheit zu bringen. Ich konnte mir auf diese bizarre Vorstellung keinen Reim machen, und so beschloß ich, mir endgültig Klarheit über die Sekte zu verschaffen. Abends in unserem Bungalow fiel ich dann aus allen Wolken, als mich Virginia in den Glauben dieser Menschen einführte und mir die Geschichte von Keoma erzählte.

Keoma war zwölf Jahre alt, als Nomed das erste Mal zu ihr sprach, der Herrscher einer weit entfernten Galaxis. Nomed sagte ihr, daß er schon einmal vor rund zweitausend Jahren bei uns auf der Erde gewesen sei: unter dem Namen Jesus Christus. Mittlerweile aber wären neue Probleme aufgetaucht. Die Außerirdischen hätten Risse in unserer Erdkruste entdeckt. In den Rissen, so sagte er, würden die Ozeane versinken, was eine verheerende Klimakatastrophe zur Folge hätte. Das Ende der Menschheit würde unmittelbar bevorstehen. Seither wurde Keoma von schrecklichen Visionen gepeinigt. Sie sah Hunderte marodierende Menschen, die durch eine verkarstete Landschaft irrten. Die zerlumpte Menge erreichte einen Hügel, auf dem sich ein gigantisches Raumschiff niedergelassen hatte. Die Menschen wankten zielstrebig auf das Flugobjekt zu, in dem sie schließlich durch eine Öffnung aus gleißendem Licht verschwanden. Als Keoma dreißig Jahre alt war, gab Nomed ihr den Auftrag zu einer groß angelegten Evakuierung. Sie sollte so viele Menschen wie möglich vom bevorstehenden Ende der Welt überzeugen. Die Sache hatte allerdings einen Haken: Nur wer spirituell gereinigt war, sollte das Raumschiff betreten dürfen. Nomed gab ihr die Rezeptur einer geheimnisvollen Droge, deren Bestandteile die Grundelemente Feuer, Erde, Wasser und Luft waren. Der Genuß dieser Droge, so sagte er, würde eine Art Reinigungsprozeß bewirken. Die auf diese Weise Geläuterten würden danach auf einen anderen Planeten gebracht, um eine neue Welt zu errichten.

Ich fand diese Mischung aus Religion und Science fiction derart absurd, daß der Abend mit einem bösen Streit zwischen mir und Virginia endete. „Hör mal, Virginia“, sagte ich zu ihr. „Es gibt Menschen, bei denen das Zusammenspiel der beiden Gehirnhälften nicht funktioniert. Diese Menschen nehmen Gedanken und Phantasien als Stimmen wahr. Schizophrenie nennt man so etwas.“

„Ich weiß, was Schizophrenie ist", zischte sie. Sie stand in der kleinen Kochnische unseres Hauses, und ihre Augen funkelten giftig. „Du kannst versichert sein, daß Keoma nicht an dieser Krankheit leidet." Sie kam auf mich zu, und ihr Blick wurde ernst. „Martin, alle ihre Prophezeiungen sind eingetroffen, verstehst du, alle." „Okay", stöhnte ich. „Versuchen wir es anders." Ich legte meine Hand auf ihre Schulter und sah ihr eindringlich in die Augen. „Nehmen wir an, es gibt ihn wirklich, diesen Nomed, oder Jesus, oder wie immer du ihn auch nennen möchtest. Warum spricht er dann nicht zu jemandem, der wesentlich mehr Macht zu einer Evakuierung hätte? Zum Präsidenten der Vereinigten Staaten etwa." Sie warf trotzig ihre Mähne in den Nacken und schüttelte den Kopf. „Denk doch einmal nach, Martin. Es waren immer die einfachen Menschen, zu denen er gesprochen hat. Auch die zwölf Apostel waren gewöhnliche Fischer." Ich seufzte laut und griff mir demonstrativ an den Kopf. Mir war bewußt, daß ich nicht die Möglichkeit, im Grunde nicht einmal das Recht hatte, Virginia von ihrem Glauben abzubringen. Ich beschloß, mich vorerst geschlagen zu geben. Mittlerweile war mir auch klar geworden, woher das Vermögen dieser Sekte stammte. In Anbetracht des drohenden Weltunterganges hatten die Menschen hier ihre Ersparnisse den Hütern des Lichts vermacht. Aber es sollte noch schlimmer kommen: Virgina verehrte Keoma nicht nur bis zur Selbstaufgabe, sie war auch eine ihrer engsten Vertrauten. Sie durfte im Hauptgebäude zusammen mit Keoma das Mittagessen einnehmen, was bei den Hütern des Lichts ein ungeheures Privileg war. So war es auch nicht verwunderlich, daß Keoma den Wunsch äußerte, Virginias neuen Begleiter zu begrüßen. „Du wirst mit mir kommen und Keoma kennenlernen", sagte Virginia eines Tages zu mir. „Versprich mir, daß du mich dort nicht kompromittieren wirst und daß du deine Ansichten für dich behältst.“ Ich nickte widerwillig. Natürlich fand ich den Glauben dieser Menschen haarsträubend. Aber ich hatte auch keine Lust auf neuerliche Querelen mit Virginia. Also entschloß ich mich zu einem Kompromiß: Ich ignorierte den Gauben einfach und genoß weiterhin das Leben hier.

Es war an einem heißen Tag im August, als ich zum ersten Mal das Hauptgebäude betrat. Einen flachen, langgezogenen Betonbau, der innen fast wie eine Kapelle eingerichtet war und eine seltsame Ruhe verströmte. Virginia hielt mich an der Hand wie einen kleinen Jungen, der zum ersten Mal die Kommunion empfangen sollte. Das erste, was mir auffiel, war ein gigantisches Mosaik an der Wand, das Keoma im Alter von zwölf Jahren zeigte. Sie saß unter einem Baum mit einem Blick, der wissend und furchtsam zugleich war. Wie mir Virginia erklärte, war es der Moment gewesen, in dem Keoma zu ersten Mal Nomeds Stimme wahrgenommen hatte. Wir nahmen an einer U-förmigen Tafel Platz, die mich frappant an ein Gemälde erinnerte, auf dem das letzte Abendmahl dargestellt wurde. Mit uns am Tisch saßen auch andere Personen, die sich wie wir nur flüsternd miteinander unterhielten. Sekunden später ging die Tür auf, und Keoma betrat den Raum, begleitet von ihrer breitschultrigen Garde. Ich mußte mir eingestehen, daß man ihr, aus der Nähe betrachtet, ein gewisses Charisma nicht absprechen konnte. Sie hatte diese schräg nach unten gezogenen Augenlider, die häufig auf Heiligenbildern zu sehen sind und der betreffenden Person einen gütigen Ausdruck verleihen. Erst jetzt bemerkte ich, daß alle Anwesenden aufgestanden waren. Ich sah Virginias flehenden Blick, und so erhob ich mich auch rasch, um nicht unangenehm aufzufallen.

Keoma ging zur Mitte der Tafel und sank auf ihren Stuhl. Als wir uns ebenfalls setzten, traute ich meinen Augen nicht: Keoma sah mich an und schenkte mir ein Lächeln. Ich spürte Virginias Zehenspitzen, die leicht an mein Schienbein stießen. „Sie mag dich", flüsterte sie mir ins Ohr. Das Essen, das uns auf Holztellern kredenzt wurde, wirkte spartanisch, aber überaus appetitlich. Im Grunde bestand es bloß aus gekochtem Fisch, Reis und einigen Früchten. „Das also ist dein Freund", sagte Keoma, ohne von ihrem Teller aufzusehen. „Ja, das ist Martin." Ich hörte Virginias piepsende Stimme. Keoma sah jetzt von ihrem Teller auf und lächelte mich wieder an. „Ich hörte, Sie sind Anwalt?" „Ja", antwortete ich knapp. „Nun, wir werden in der neuen Welt zwar keine Anwälte mehr brauchen, aber es ist schön, Sie hier zu haben, Martin." Die Anwesenden lachten verhalten. Aufgrund der Tatsache, daß sie meinen Beruf wußte, war mir klar, daß Virginia auf Nummer sicher gegangen war und einiges an Vorbereitungsarbeit geleistet hatte. „Erzählen Sie mir von der Welt da draußen, Anwalt." Sie beobachtete mich aufmerksam. „Was geht zur Zeit vor sich im übrigen Amerika?" Ich räusperte mich. „Nun, so genau weiß ich das leider auch nicht. Wie Ihnen Virginia sicher erzählt hat, litt ich unter einem kleinen Alkoholproblem." Virginia senkte peinlich berührt den Blick, und Keoma nickte. „Was ist das für ein Gefühl, wenn man an Entzugserscheinungen leidet, Anwalt?" Sie spießte mit der Gabel ein Stück Obst auf und führte es an ihren faltigen Mund. „Es ist alles halb so schlimm", antwortete ich. „Man hat bloß unbändigen Appetit auf Whisky." Ich setzte ein breites Grinsen auf, während Virginia unter dem Tisch nach meinem Knöchel trat. Keoma griff kauend nach ihrem Weinglas und lächelte wieder. „Nun, wenigstens haben Sie Ihren Humor nicht verloren, Martin. Im übrigen brauchen Sie keine

Angst zu haben. Es wird in unserer neuen Welt auch keinen Alkohol mehr geben." Damit war unser Gespräch beendet. Irgendwann erhob sie sich, was alle anderen dazu veranlaßte, ebenfalls von ihren Stühlen zu springen, und ließ ihren Blick durch die Runde schweifen. Sie nickte kurz, was wohl als eine Art von Verabschiedung zu deuten war, und verließ, gefolgt von ihren Begleitern, den Raum.
In jener Nacht tat ich kein Auge zu. Ich spürte den Atem Virginias, die zusammengerollt neben mir lag und in tiefen Schlaf gefallen war. Im Haus war es unerträglich heiß, und ihr Körper glänzte wie eine Bronzefigur. Als der Tag angebrochen war, gab ich vor, an Übelkeit zu leiden. Während ich im Bett blieb, ging Virginia ohne mich zu den Hügeln am Horizont, um in den Obstgärten zu arbeiten. Ich wollte einfach allein bleiben, um mir über meine Gefühle klar zu werden. Über meine Gefühle zu Virginia, aber auch zu den Menschen hier und ihrem seltsamen Glauben. Irgendwann gegen Mittag befiel mich Langeweile. Ich entdeckte den kleinen Fernseher im Zimmer, den ich bisher kaum beachtet hatte. Ich schaltete das Gerät ein, um mir die Nachrichten anzusehen. Das erste Bild, das ich sah, war die Luftaufnahme von einem Strand, der aussah, als wäre er mit Millionen von Silbermünzen bedeckt. Erst als die Kamera näher heranging, erkannte ich, daß es die Leiber von unzähligen toten Fischen waren. Eine ekelhafte Brühe aus Tod und Verwesung zog sich über den gesamten Strand von Rio de Janeiro. Man sah Bagger, die das Gewirr aus toten Fischen und anderen Meerestieren auf Lastwagen schaufelten. Und man sah Menschen auf Rios Straßen, die sich Handtücher und sogar Atemmasken vor das Gesicht hielten. Selbst der betont seriöse Reporter von CNN fand ungewohnt deutliche Worte, als er sagte, die Sache würde in der Tat zum Himmel

stinken. Einige Wissenschaftler wurden befragt, die die Meinung vertraten, daß es sich um eine der größten Ökokatastrophen in der Geschichte der Menschheit handelte. Alles deutete auf einen Chemieunfall hin. Nachdem man aber in den Fischen besonders hohe Schwefelkonzentrationen festgestellt hatte, vertraten Fachleute die Ansicht, daß es sich auch um einen Vulkanausbruch am Meeresboden handeln könnte. Vielleicht, so mutmaßte einer, wäre irgendwo die Erdkruste aufgebrochen und hätte große Mengen aggressiver Substanzen freigesetzt. In meinem Kopf begann sich alles zu drehen. Ich starrte auf den Fernseher, als wäre er ein bizarres Insekt, und schaltete ihn schließlich ab, aus Angst, daß weitere Bilder der Katastrophe mir restlos den Verstand rauben könnten. Als Virginia das Haus betrat, fand sie mich, wie ich auf einem Stuhl saß und verstört vor mich hin starrte. „Sie haben es heute in den Nachrichten gezeigt", stammelte ich. „Die Sache mit Rio de Janeiro." Virginia nickte. Sie schlang die Arme um mich und zog mich fest an sich. „Ich weiß, Martin", flüsterte sie und strich mir beruhigend durchs Haar. „Du wirst Keoma einfach glauben müssen."

Die Wochen vergingen, und das Leben bei den Hütern des Lichts war mir bald ebenso vertraut wie Keomas Portrait, das überall in der Anlage von den Wänden lächelte. In klaren Nächten saß ich mit Virginia auf der Veranda, wo wir die Sterne beobachteten und dem Zirpen der Grillen lauschten. In solchen Momenten legte sie oft den Kopf an meine Schulter und flüsterte. „Nomed ist irgendwo da draußen. Er sieht auf uns herunter wie ein Vater auf seine Kinder." Ich nickte dann immer und drückte ihr einen Kuß auf die Stirn. In Wahrheit freilich konnte ich mich mit dem Glauben dieser Menschen nicht anfreunden. Was Rio de Janeiro betraf, hielt ich Keomas Prophezeiung einfach für einen absurden Zufall. Aber nur zwei Wochen später versammelten sich ihre Anhänger wieder auf der großen Wiese mit den Monitoren, und der Spuk wiederholte sich. Unter frenetischem Jubel wurde Keoma zum Rednerpult getragen. Sie nahm auf ihrem Stuhl Platz, schloß die Augen und begann den Kopf auf und ab zu wiegen wie eine Kobra zu den Klängen einer Flöte. Der ekelhafte Schleim, der ihr aus der Nase und den Ohren drang, durchnäßte ihr Leinenkleid und verklebte das graue Haar, das ihr auf die Schultern fiel. „Das letzte Zeichen steht unmittelbar bevor“, hallte eine tiefe Männerstimme über den Platz. „Die Erde wird sich öffnen und ihren todbringenden Inhalt über das Land speien. Es wird Chaos und Verwüstung geben auf einer Insel, die ihr Hawaii nennt.“

Eigentlich ist es fast überflüssig zu erzählen, was wenige Tage später in den CNN-Nachrichten zu sehen war. Die Feuersbrünste schossen aus Hawaiis Boden wie Silvesterraketen, und der Aschenregen bedeckte alles wie Schnee an einem kalten Wintermorgen. Auf einer Anhöhe waren einige Menschen zu erkennen, die es nicht mehr rechtzeitig geschafft hatten, vor der todbringenden Lava zu fliehen, und aussahen, als wären sie mit dem Boden verschmolzen. Die verkohlten Arme der Leichen ragten in den Himmel wie groteske Skulpturen aus einem Museum. Ich starrte fassungslos auf den Bildschirm, während Virginia mich an sich zog und meinen Kopf an ihre Schulter preßte.

Es war noch zeitig am Morgen, als ich mich aus dem Haus schlich. Die meisten im Camp lagen in ihren Betten und schliefen, und auf dem Gelände war es totenstill. Ich warf noch einen kurzen Blick durch das Fenster auf Virginia, die zusammengekrümmt auf ihrem Bett lag, dann ging ich auf Zehenspitzen davon. Das Gras war feucht vom Morgentau, und bereits nach wenigen Schritten waren meine Hosenbeine mit Wasser vollgesogen. Ich schlich in geduckter Haltung die Häuser entlang, um nicht von dem Wächter auf dem Turm gesehen zu werden, bis ich einen kleinen Wald erreichte, der sich unmittelbar vor der Umzäunung befand. Dort entdeckte ich schließlich, was ich gesucht hatte. Eine Strickleiter war von außen über den Holzwall geworfen worden, und ich kletterte so rasch ich konnte darüber.

Greg Stillson saß in seinem Wagen und wartete. Ich erkannte seine Silhouette schon von weitem. Mit dem Doppelkinn und seiner üppigen Körperfülle wirkte er eher wie ein abgehalfterter Privatdetektiv als wie ein führender Mann beim FBI. „Wurde aber auch langsam Zeit", sagte er, als ich in den Wagen stieg. Er hielt eine Tüte mit Weintrauben in der Hand, von denen er ab und zu eine in seinem Mund verschwinden ließ, um dann laut schmatzend weiterzusprechen. „Wie geht's voran?" fragte er und legte kumpelhaft seine Hand auf meine Schulter. „Ganz gut", antwortete ich. „Ich wohne zusammen mit Virginia in einem Haus." Stillson lächelte. „Hör zu, Martin. Du solltest dir diese Krankenschwester aufreißen und dich bei den Hütern des Lichts einschleichen. Ich habe nicht gesagt, daß du sie heiraten mußt." Er griff wieder in die Tüte, und seine Kaugeräusche drangen an mein Ohr. „Übrigens, in der Abteilung spricht man nur noch in den höchsten Tönen von dir. Ich habe ihnen gesagt: Wenn es jemanden gibt, der für diesen Job geeignet ist, dann ist es Martin Spencer. Schon während der Ausbildung haben wir immer Tränen gelacht, wenn er seinen Alkoholjunkie zum besten gegeben hat." Er sah mich an und zwinkerte aufmunternd. „Übrigens, auch der Rechtsanwalt steht dir zu Gesicht. Geht es dir gut?" „Ja", antwortete ich knapp. „Wie kommt ihr denn voran?" Stillson nickte zufrieden. „Ehemalige

Sektenmitglieder sind der Meinung, daß der Massenselbstmord unmittelbar bevorsteht. Wenn wir allerdings jetzt schon zuschlagen und auf dem Gelände keine giftigen Substanzen finden, werden uns Keomas Anwälte in der Luft zerfetzen.“ Er fuhr sich gedankenverloren durch den schütteren Haarkranz. „Wir müssen sie in flagranti erwischen. Am besten, wenn ihr das Gift bereits bei euch habt. Und das wird an jenem Tag sein, an dem ihr auf dem Weg zu diesem angeblichen Raumschiff seid.“ Er griff in seine Jackentasche und reichte mir ein handgroßes Gerät, das Ähnlichkeit mit einer TV-Fernbedienung hatte. „Wenn ihr euch in Bewegung setzt, drückst du auf den Knopf von diesem Pager. Wir können euch dann überall orten, ganz egal, wo ihr seid. Dann schlagen wir zu und werden diese alte Kuh endlich dingfest machen.“ Stillson grinste breit, und in meinem Kopf drehte sich alles. „Darf ich dich etwas fragen, Greg?“ flüsterte ich. Er reichte mir die Tüte mit den Weintrauben. „Natürlich, Martin. Wo drückt der Schuh?“ „Kannst du dir vorstellen, daß es Menschen gibt, die Ereignisse vorhersehen können?“ Ich beobachtete ihn, während er bloß mit den Schultern zuckte. „Du sprichst doch nicht etwa von Keoma?“ „Doch“, antwortete ich. „Sie hat alles vorausgesehen, Greg. Alles. Die Sache mit Rio de Janeiro, den Vulkanausbruch auf Hawaii.“ „Und wenn schon“, sagte er. „Ich interessiere mich nicht für Naturkatastrophen.“ „Aber was ist, wenn es sich wirklich um Zeichen handelt?“ Er sah mich entgeistert an. „Zeichen für was, Martin? Daß hier ein Ufo auftaucht und fünfhundert marodierende Freaks aufnimmt? Mein Gott, sei doch endlich einmal ernst.“ „Ich bin ernst“, entgegnete ich. Er legte besorgt seine Stirn in Falten. „Hör zu, ich habe dich für diesen Job vorgeschlagen, aber allmählich frage ich mich, ob du der Richtige für diese Aufgabe bist. Wir sind gerade dabei, fünfhundert

Menschen das Leben zu retten, aber das können wir nur mit deiner Unterstützung.“ Er kam ganz nahe an mich heran und sah mir in die Augen. „Also, wenn ihr euch demnächst in Bewegung setzt, dann drückst du auf diesen Pager. Wirst du das schaffen?“ Er nahm meinen Kopf in beide Hände. „Ich habe dich gefragt, ob du das schaffen wirst?“ „Ja, verdammt noch mal“, zischte ich. „Na schön.“ Er stöhnte hörbar. Schließlich öffnete er die Wagentür und zeigte zu der Strickleiter an der Mauer. „Du mußt wieder zurück, bevor dein Verschwinden jemandem auffällt.“ „Okay“, sagte ich tonlos. Ich stieg aus dem Wagen und ging zur Mauer, ohne mich noch einmal umzusehen.

Der Zeitpunkt, von dem Greg gesprochen hatte, kam schneller als erwartet. Keoma stand am Rednerpult, während der Wind ihr graues Haar zerzauste und sie fast wie eine biblische Gestalt erscheinen ließ. „In zwei Tagen wird die Welt in Feuer und Chaos versinken“, schrie sie über den Platz. „Aber dann werden wir längst mit Nomed im Paradies sein.“ Sie ließ ihren Blick über die bunte Masse von Menschen gleiten. „Wahrlich, ich sage euch: So wie einst vor fast zweitausend Jahren wird auch diesmal wieder ein Judas unter uns sein, der Nomed an die Häscher des Staates verraten wird. Aber selbst seine Intrige wird uns nicht aufhalten können.“

In jener Nacht hatte ich einen seltsamen Traum. Bilder einer antiken Meuchelszene taten sich vor mir auf. Ich sah römische Legionäre, die einige Dutzend Christen im Kolosseum zusammengetrieben hatten und mit Lanzen und Schwertern auf sie einstachen. Frauen und Kinder stolperten, von Panik getrieben, und fielen übereinander. Der Staub der Arena verfärbte sich, wurde zu einer roten zähen Masse, und über allem lag der metallische

Geruch von Blut. Ich kniete auf dem Boden und hielt eine Frau in meinen Armen, deren Atem nur noch schwach war. Getrocknetes Blut klebte wie Rost an ihren Lippen, und ihr Blick war getrübt. Gegen das blendende Sonnenlicht sah ich plötzlich die Silhouette eines Soldaten, der auf mich zukam. Er beugte sich zu mir herab, und da bemerkte ich, daß nicht nur sein lederner Kilt in sattes Rot getaucht war, sondern daß das Blut auch von seinem Helm tropfte. Er lächelte mich an, griff in eine Öffnung seiner Rüstung und warf mir eine Handvoll Silbermünzen ins Gesicht.
„Du hast geträumt," sagte Virginia, als ich schweißgebadet neben ihr erwachte. Sie schob ihre Hand unter meinen Kopfpolster und strich mir mit der anderen beruhigend über die Stirn, wie Mütter es mit ihren Kindern tun. „Freust du dich auf die neue Welt?" Ich nickte stumm. „Ich bin sicher, daß es wunderschön werden wird", sagte sie mit versonnenem Blick.
Nur einen Tag später hallte Keomas Stimme neuerlich über den Platz. „Der Zeitpunkt ist gekommen", rief sie. „Nomed hat mir den Ort gezeigt, an dem uns das Raumschiff aufnehmen wird." Die Tore der Anlage wurden geöffnet, und eine nicht enden wollende Menschenschlange bewegte sich hinaus ins Freie. Keoma schritt allen voran. Mit ihrem Gehstock in der Hand sah sie aus wie Moses, als er sein Volk ins gelobte Land führte.
Es war bereits am späten Nachmittag. Die Sonne versank hinter den Bergen, und unsere Schatten auf dem Boden wirkten wie die von langen, hageren Geistern. Keoma hatte allen verboten, irgend etwas mitzunehmen. In der neuen Welt würden wir das ohnehin nicht brauchen, sagte sie. Virginia und ich hielten uns an den Händen. Sie strahlte mich an, als wäre sie eine Braut, die vor den Traualtar geführt wurde. Was sie nicht ahnte, war, daß ich in meiner Hosentasche den Pager hielt, den ich nervös zwischen den

Fingern hin und her drehte. Wenn ich nach hinten sah, konnte ich am Ende der Kolonne einen Jeep erkennen, der einen Tank hinter sich herzog. Wie mir Virginia erklärte, beinhaltete er die geheimnisvolle Flüssigkeit, die uns alle reinigen sollte, bevor wir das Raumschiff betreten durften. Wir gingen auf einem Feldweg, der ins Tal führte. Inzwischen war es dunkel geworden. Ein kurzes Gewitter hatte eingesetzt, und die Bäume glänzten, als wären sie mit Lack überzogen. Irgendwo hier auf halbem Weg ins Tal war es, wo ich auf den Pager drückte. Schließlich waren wir unten im Tal angekommen. Unser Weg führte nun durch eine schmale Schneise im Wald, und wir trotteten hinter Keoma her wie die Lemminge. Bis wir zu einer riesigen Lichtung gelangten, mit einer Anhöhe in der Mitte. Gerade als wir den kleinen Berg hinaufgingen, zerriß das monotone Geräusch von Hubschrauberrotoren die Stille. Ich blickte nach oben. Aus den Hubschraubern wurden Seile geworfen, an denen vermummte Männer mit katzenartiger Gewandtheit hinabglitten. Scheinwerfer zerschnitten die Nacht, und auch aus den Wäldern kamen Polizisten gelaufen. Plötzlich hörte ich einen Schuß krachen. Irgend jemand von uns hatte auf einen Polizisten geschossen, und Sekundenbruchteile später war die Hölle los. Polizeiknüppel sirrten durch die Luft, Menschen rannten, von Panik getrieben, durcheinander, und über dem gesamten Tal lag der Geruch von Tränengas. Keoma war gestürzt. Ich sah sie auf dem Boden liegen, die Hände weit von sich gestreckt, so als hätte sie Angst, jemand könnte stolpern und auf sie fallen. Ich weiß heute nicht mehr, warum ich es tat. Warum ich mich zu ihr hinabbeugte und sie um Verzeihung bat. Vielleicht, weil ich mich einfach verantwortlich fühlte für all das Chaos aus schreienden Menschen, Schlagstöcken und Verletzten. „Verzeihen Sie mir, Keoma“, flüsterte ich. Sie sah mich an, und ihre Augen strahlten wieder diese seltsame Güte aus, die mich stets verblüfft hatte. „Schon gut, Martin, ich habe immer geahnt, daß Sie es sein werden. Aber nun sehen Sie zu, daß Sie mit Virginia auf das Schiff kommen.“ Sie zeigte in die Richtung der Anhöhe, und dann glaubte ich den Verstand zu verlieren. Gleißend hell und gigantisch, wie ein riesiger Brillant stand ein Raumschiff auf dem Hügel und erleuchtete unsere Gesichter. Ich sah hinunter zu Keoma. Sie lächelte. „Und was ist mit der Droge?“ „Vergessen Sie die Droge“, sagte sie leise. „Nomed nimmt euch auch so an Bord.“ Und so nahm ich Virginia bei der Hand, und wir rannten los. Immer schneller auf dieses Wunderwerk der Technik zu, das das ganze Tal in ein verzaubertes Licht tauchte. Gerade als wir es fast erreicht hatten, stolperte Virginia und fiel zu Boden. „Virginia“, rief ich, von Panik erfaßt. Ich wollte ihr hochhelfen, da zerschnitt ein Schlagstock die Luft, und das Raumschiff, das bereits zum Greifen nahe war, zerfloß vor meinen Augen.

Im Grunde genommen habe ich Greg Stillson nie sonderlich leiden können. Als ich im Krankenhaus die Augen öffnete und in sein grinsendes Gesicht sah, erinnerte er mich frappant an den römischen Soldaten aus meinem Traum. „Gute Arbeit, Martin“, sagte er zu mir. „In den Behältern befand sich Zyankali. Wir konnten die alte Kuh endlich dingfest machen.“ Er ging etwas näher an mein Bett heran, mit seiner obligatorischen Tüte Trauben, von denen er ständig welche verdrückte wie ein Süchtiger. „Keoma wollte tatsächlich mit allen ihren Anhängern aus dem Leben scheiden. Niemand von euch sollte das Giftattentat überleben.“ Er sah mit besorgter Miene auf mich herab. „Tut mir wirklich leid, daß du bei der Sache etwas abgekriegt hast. Aber wenn die Jungs einmal zulangen, sind sie nicht mehr zu bremsen.“

„Ich bin Judas“, flüsterte ich schwach. „Von was zur Hölle sprichst du?“ Er warf mir einen entgeisterten Blick zu. Ich krallte meine Hände in die Bettdecke, so wie einst in der Klinik. Nur mit dem Unterschied, daß mein Schmerz diesmal echt war. „Zweitausend Jahre hat es gedauert, bis er wiederkam, und nun bin ich es, der ihn verraten hat.“ Stillson zog spöttisch seine Mundwinkel nach unten und verschränkte die Arme. „Nun hör mal zu, du Hüter des Lichts. Die Fernsehgeräte auf dem gesamten Gelände waren präpariert. Ihr saht Berichte über Katastrophen, die sich zum Teil schon vor vielen Jahren ereignet hatten. Kein Wunder, daß die Alte alles vorhersehen konnte.“ Er ging zum Fenster und öffnete es. „Sieh doch einmal nach draußen, Martin. Die Sonne scheint, und die Weiber laufen in den kurzen Röcken herum. Sieht so eine Welt aus, die untergeht?“ „Und was ist mit dem Raumschiff?“ entgegnete ich. „Was für ein Raumschiff?“ Er schüttelte fassungslos den Kopf, und der Ärger verzerrte sein Gesicht. „Du bist nicht Judas“, zischte er. „Du bist bloß ein Idiot.“ Er ging hinaus und warf mit einem lauten Knall die Tür hinter sich zu.

Was tut ein Mann, der weiß, daß es die Welt, so wie wir sie kennen, nur noch vierundzwanzig Stunden geben wird? Ich verließ das Krankenhaus gegen den Willen der Ärzte und beschloß, Virginia zu suchen. Ich erfuhr, daß man sie kurzfristig verhaftet hatte, daß sie jedoch mittlerweile wieder auf freiem Fuß war. Vermutlich hatte sie ihre wiedergewonnene Freiheit Greg zu verdanken, der mir einen Freundschaftsdienst erweisen wollte. Ich fragte in der Entziehungsklinik nach ihr, aber auch dort konnte mir niemand Näheres über ihren Verbleib sagen. Als ich mich in den Wagen setzte und gedankenverloren davonfuhr, hörte ich diese Radiomeldung. Der Sprecher verkündete mit monotoner Stimme, daß im Norden Amerikas unerklärlich schwere Erdstöße registriert wurden, und ich fuhr instinktiv schneller. Schließlich zog es mich fast magisch in die Bergwelt von Montana. Geradewegs zu dem Tal, in dem in der Nacht davor die Schlacht mit der Polizei stattgefunden hatte. Ich weiß nicht mehr, was ich dort zu finden hoffte. Verbranntes Gras vielleicht, oder irgend etwas anderes, das mir beweisen sollte, daß Nomeds Raumschiff kein Produkt meiner Phantasie war. Ich parkte den Wagen bei dem Waldweg, der zur Lichtung führte, und stieg aus. Bei Tageslicht fiel mir auf, wie dicht bewachsen dieser Weg war. Das hohe Gras ließ vermuten, daß er nur selten von Menschen und Fahrzeugen frequentiert wurde. Bloß die Spuren des Jeeps waren zu erkennen, der in der Nacht zuvor den Tank gezogen hatte. Ich war erst einige Schritte gegangen, als ich wenige Meter vor mir eine pechschwarze Mähne bemerkte, und die vertraute Silhouette einer Frau. Sekunden später lagen wir uns in den Armen. „Du hast es auch gesehen, nicht wahr?" flüsterte sie. Ich nickte stumm. Sie nahm meine Hand und zog mich mit sich. „Komm, wir gehen zu der Stelle, an der es gestanden hat." Wir traten aus dem Wald heraus, und dann glaubten wir, unseren Augen nicht zu trauen. Auf der Anhöhe im Tal, majestätisch schön und mächtig, stand Nomeds Raumschiff. Bereit, die letzten beiden Hüter des Lichts aufzunehmen. Und wir liefen den Hügel hinauf, mit den Augen von Kindern, die an einem kalten Winterabend das Wohnzimmer betreten und den Weihnachtsbaum sehen. Als wir oben angekommen waren, standen wir staunend vor diesem Objekt aus dem Weltall, das mit seiner Größe den Himmel verdunkelte. „Interessant, nicht wahr?" Eine Stimme zerriß plötzlich die Stille. Ich sah mich um, und mein Blick fiel auf diesen alten Mann mit seinen schneeweißen Haaren, den gütigen Augen und dem langen rauschenden Bart, der im gleißenden Licht der Sonne stand. Er trug einen blauen Mechanikeroverall, hatte eine Zigarette im Mundwinkel, und es stand außer Zweifel, daß er unmöglich Nomed sein konnte. „Interessant, nicht wahr?“ Noch heute hallt seine Stimme in meinem Ohr. Er nahm einen bedächtigen Zug von seiner Zigarette, kam auf uns zu und lächelte. „Das Ding wird das Zentrum des neuen Vergnügungsparks, der hier entstehen soll“, erklärte er. „Auf der unteren Ebene befindet sich eine Disco, und auf der oberen eine Pizzeria.“ „Eine Pizzeria?“ Ich sah ihn verständnislos an. „Ganz recht“, antwortete er. Er schnippte die Zigarettenkippe davon und lächelte wieder. „Gestern nacht haben wir erstmals die Beleuchtung eingeschaltet. Da kamen plötzlich einige hundert Freaks den Berg hinaufgerannt, die das Ding für ein echtes Raumschiff hielten. Und gleich darauf war auch die Polizei da.“ Er zeigte mit dem Finger über das weitläufige Areal. „Mein Gott, Sie hätten sehen sollen, was hier los war.“ „Ich kann es mir vorstellen“, erwiderte ich und lächelte bitter. Erst jetzt nahm ich die unzähligen Baumaschinen und die Arbeiter wahr, die sich überall auf dem Hügel zu schaffen machten. „Das wird einmal ein toller Park“, sagte der Mann im Overall noch zu mir, bevor er in einem Dunst aus Staub und Maschinenabgasen verschwand.

Und so ging ich mit Virginia wieder den Hügel hinunter. Zurück in eine Welt, die von der Jagd nach dem Zaster bestimmt war und seit damals um einige Illusionen ärmer ist. An manchen Abenden sitzen wir noch auf der Terrasse unseres Hauses und beobachten die Sterne, so wie einst in der Klinik. Aber von Nomed sprechen wir nicht mehr. Wir haben ihn aus unserem Vokabular verbannt. Übrigens, das gesamte Vermögen der Sekte ist verschwunden. Eine Schwester Keomas, die früher nie in Erscheinung getreten ist, hat noch rasch die Konten geplündert. Sie wurde in Begleitung eines Mannes gesehen, der verblüffende Ähnlichkeit mit Greg Stillson hatte. Bei einer sofortigen Durchsuchung von Stillsons Wohnung fand die Polizei nur noch einige alte Anzüge, ein Pornomagazin und eine Tüte mit vertrockneten Trauben.

Susans einsamer Krieg

„Guten Morgen, Doktor Nikolas.“ Die junge Krankenschwester bei der Medikamentenausgabe lächelte, und ich erwiderte freundlich ihren Gruß. Ich war gerade nach dem langweiligsten Wochenende meines Lebens in den Berufsalltag zurückgekehrt. Den Sonntagnachmittag hatte ich mit dem Ansehen von wissenschaftlichen Videos zugebracht, in denen über neue Psychopharmaka berichtet wurde. Gegen Abend saß ich schließlich mutterseelenallein in einem Kino und ließ einen Film über mich ergehen, in dem Außerirdische das Weiße Haus bombardierten. Im nachhinein mußte ich mir eingestehen, daß mein gesamtes Wochenende von dem Versuch bestimmt war, es so rasch wie möglich hinter mich zu bringen. Vermutlich ist das bei jedem Mann so, der eben erst geschieden wurde. Jetzt, nachdem es endlich Montag morgen war, hatte ich das Gefühl, so etwas wie einen kleinen Sieg errungen zu haben. Professor Bill Gregory stand am Gang und hatte die Hände auf seinem Rücken verschränkt. Sein graues Haar war mit einem exakten Scheitel versehen, und die Augen in seinem markanten Gesicht fixierten seine Umgebung wie ein Raubvogel. Manchmal wurde ich den Verdacht nicht los, daß sein Blick das Ergebnis von vielen heimlichen Übungen vor dem Spiegel war. Das Ziel bestand vermutlich darin, daß jeder Fremde, der das Haus betrat, sofort erkennen sollte, daß Bill der Leiter der Klinik war. Mit seiner väterlichen, fast belehrenden Art war er mir früher oft auf die Nerven gegangen, doch mit den Jahren war zwischen uns beiden doch so etwas wie eine Freundschaft entstanden. Auch Bill war geschieden, und in letzter Zeit war er für mich eine echte Stütze gewesen. „Na Ben, hast du am Wochenende die Frauenwelt unsicher gemacht?“ Er zwinkerte komplizenhaft, während ich ihm einen griesgrämigen Blick zuwarf. „Kopf hoch", sagte er. „In einigen Wochen wirst du viele Dinge klarer sehen. Übrigens, Mrs. Nimoy wartet in meinem Büro." Er rollte verheißungsvoll mit den Augen. „Es wäre mir recht, wenn du das für mich übernehmen könntest." Ich nickte und betrat Bills Büro. Es war das erste Mal, daß ich ihr begegnete. Susan Nimoy, der Autorin des Weltbestsellers *Veronicas Schuhe*, einer heroischen Geschichte über eine Frau, die in einer von Männern dominierten Welt ihren Weg geht. Sie saß auf einem Stuhl, mit müden, verquollenen Augen. Ihr blondes Haar war strähnig und ungepflegt, und das Designersakko hing an ihren abgemagerten Schultern wie auf einem Kleiderbügel. „Guten Tag, Mrs. Nimoy." Ich streckte ihr meine Hand entgegen und merkte, daß ihr Händedruck so zart wie der eines Kindes war. „Wissen Sie, wo Sie hier sind?" Ich sah sie fragend an, während ich mich hinter Bills Schreibtisch sinken ließ. „Natürlich", antwortete sie knapp. „Ich bin hier in einer Klapsmühle." „Ich persönlich bevorzuge die Bezeichnung psychiatrisches Krankenhaus", entgegnete ich. „Nun, Mrs. Nimoy, ich will ganz ehrlich zu Ihnen sein." Ich bemühte mich um einen vertrauenerweckenden Ton, wie es mir in den letzten Jahren zur Routine geworden war. „Sie sind hier zur Beobachtung. Wir haben den Auftrag, festzustellen, ob man Sie wieder auf die Menschheit loslassen kann." Ich nahm einige Papiere aus einer Klarsichthülle, die auf Bills Schreibtisch lag, und begann zu lesen. „1996 Fort Lauderdale. Sie betreten ein Kaufhaus. Als Sie von einer Verkäuferin nach Ihren Wünschen gefragt werden, springen Sie plötzlich über das Pult und krallen Ihre Hände in die Wangen dieser bedauernswerten Person. Zeugen berichten später, daß es so aussah, als wollten Sie ihr die Haut vom Gesicht reißen. Sie haben die Ärmste nicht gewürgt oder sonst irgendwie lebensgefährlich verletzt, Sie haben sich bloß in ihren Wangen festgekrallt. 1997 Miami. Sie betreten eine Bank, um ein Konto zu eröffnen. Sekunden später das gleiche Bild. Sie krallen ihre Hände in das Gesicht des Bankangestellten und können nur noch mit Mühe von ihm getrennt werden." Ich holte eine Zigarette aus der Verpackung und sah sie an. „Warum tun Sie so etwas?" „Sie sind der Arzt hier", raunte sie gelangweilt. „Finden Sie es doch heraus." Ich steckte mir die Zigarette an und ließ den Rauch langsam aus meiner Nase gleiten. Einige Patienten am Gang waren in Streit geraten, und ihre aufgeregten Stimmen drangen in das Büro. „Im übrigen glaube ich, daß auch mit Ihnen etwas nicht stimmt, Doktor", sagte sie plötzlich. „Weshalb?" Ich war mit einem Mal sehr konzentriert. „Sie kneten ständig Ihre Daumen. Sind Sie immer so nervös, wenn Sie mit jemandem sprechen?" „Möglicherweise", antwortete ich. „Vermutlich mache ich das immer, wenn ich nachdenke." Die Stimmen am Gang waren wieder verstummt. Ich legte die Zigarette in den Aschenbecher und versuchte, meine Hände möglichst ruhig zu halten. „Hören Sie, Mrs. Nimoy", sagte ich, bemüht, meine Souveränität wiederzufinden. „Wir werden jeden Tag eine Sitzung absolvieren, und wenn Sie mir genügend von sich erzählen, dann erzähle ich auch einiges von mir. Wie finden Sie das?" „Das haben Sie schön gesagt", antwortete sie und fuhr sich mit den Fingern durch das strähnige Haar. „Wenn Sie mir jetzt bitte ein Bett zuweisen würden, ich bin hundemüde." Ich betätigte den Knopf der Klingel, und gleich darauf betrat eine wohlbeleibte Krankenschwester das Büro. „Schwester Iris wird Sie mit der Hausordnung vertraut machen. Wir sehen uns dann morgen." „Versprechen Sie sich nicht zuviel davon", brummte sie und erhob sich von ihrem Stuhl, um Schwester Iris zu folgen, die neben ihr so furchteinflößend wie ein Zyklop wirkte.

Am nächsten Tag betrat ich die Klinik mit einer Verletzung. Beim Versuch, mir in der Nacht ein Brot zu schneiden, war ich abgerutscht, und nun zierte ein monströser Verband meinen Daumen. Nach der Visite, die ich immer zusammen mit Bill machte, ging ich hinaus in den Garten. Der Himmel war so klar, daß man die weit entfernten Berge am Horizont erkennen konnte, und so hatten einige Patienten den Vormittag zu einem Spaziergang genutzt. Im Zentrum des Gartens befand sich ein kleiner Teich mit Goldfischen. Die arglos dahingleitenden Tiere wurden häufig das Opfer von streunenden Katzen, und nicht selten fand ich eine zerfledderte Fischleiche oder überhaupt nur noch einige Schuppen neben dem Becken. Ich erkannte Susan Nimoy schon von weitem. Sie hatte ihr Designersakko gegen einen blauen Jogginganzug getauscht und beobachtete die Goldfische, die in dem algenverwachsenen Betonbecken gemächlich ihre Runden zogen. „Guten Morgen, Mrs. Nimoy." Ich vergrub die Hände in meinem Arztkittel und fühlte Sekunden später einen heftigen Schmerz, weil ich meine Daumen instinktiv gedrückt hatte. „Unsere Sitzung ist erst in zwei Stunden", sagte sie mit monotoner Stimme, ohne zu mir hochzusehen. „Das ist richtig, aber was spricht dagegen, daß wir uns schon jetzt ein wenig unterhalten?" Ich versuchte, aufmunternd zu wirken, und setzte mich zu ihr auf den Beckenrand. Eine Weile sprachen wir beide kein Wort und starrten in die Welt der Goldfische, die still, kühl, und nur von gelegentlichem Geplätscher unterbrochen war. Als ich mir eine Zigarette ansteckte und mit zurückgelegtem Kopf den Rauch in den blauen Himmel blies, merkte ich, daß sie auf meinen Daumen starrte. „Haben Sie sich verletzt, Doktor?" Ihre Stimme bekam plötzlich einen gefährlich anmutenden Unterton. „Ja", antwortete ich abwartend. „Seitdem ich wieder Junggeselle bin, merke ich, daß der Haushalt so manche Tücken birgt." Ich zuckte ein wenig hilflos mit den Schultern. „Ich möchte die Wunde sehen“, sagte sie plötzlich leise. „Wie bitte?“ Ich sah sie entgeistert an. „Ich will die Wunde sehen“, wiederholte sie. „Das ist leider nicht möglich. Der Verband ist noch ganz frisch.“ „Zeigen Sie mir sofort die Wunde, Sie verdammter Mistkerl!“ Ihre Stimme begann sich zu überschlagen. „Beruhigen Sie sich, Mrs. Nimoy“, stammelte ich. „Was ist denn in Sie gefahren? Ich würde nur ungern die Pfleger rufen.“ Sie kam ganz nahe an mich heran, und ihre Augen verzogen sich zu schmalen Schlitzen. „Zeigen Sie mir die Wunde, und ich erzähle Ihnen, weshalb ich die Leute attackiert habe.“ Sekunden später sah ich mir ungläubig dabei zu, wie ich den Verband löste und Susan Nimoy meinen verletzten Daumen unter die Nase hielt. Sie begutachtete kritisch meine Verletzung, dann nickte sie seltsam erleichtert und stützte sich wieder entspannt am Beckenrand ab. „Könnte ich jetzt eine Zigarette haben?“ stöhnte sie zufrieden. Und dann blies sie kleine blaue Wölkchen aus ihrer Nase und begann zu erzählen.

„1994 war die Welt für mich noch in Ordnung. Mein Buch führte wochenlang die Liste der Bestseller an, und ich hatte meine winzige Wohnung gegen ein imposantes Haus in Nord-Dakota nahe der kanadischen Grenze getauscht. Zu jener Zeit umgab ich mich mit Leuten, die man als die intellektuelle Schickeria des Landes bezeichnen könnte. Heute nervt mich das ständige Betroffenheitsgetue dieser Typen, aber damals fand ich die meisten von ihnen ganz okay. Das einzige, was mir fehlte, war ein Mensch, mit dem ich meinen Erfolg und mein Leben teilen konnte. In Sid Turner glaubte ich diesen Menschen gefunden zu haben. Er arbeitete als Lektor in meinem Verlag und faszinierte mich, seit ich ihn das erste Mal gesehen hatte. Sein Haar war voll und dunkel, seine

Stimme angenehm und vertrauenerweckend, und er hatte diese schmalen sensiblen Hände, wie man sie häufig bei Pianisten findet. Bald mußte ich mir eingestehen, daß er zunehmend meine Gedanken beherrschte, und das, obwohl unsere Konversation bisher nie über das Berufliche hinausgegangen war. Er war äußerst introvertiert und gehörte zu den Menschen, die nie wirklich etwas von sich preisgeben. Also begann ich Nachforschungen über ihn anzustellen. Ich fand heraus, daß er ledig und auch sonst offenbar mit niemandem liiert war. Eine Zeitlang vermutete ich, er sei homosexuell, aber auch dafür gab es keinen Anhaltspunkt. Schließlich erfuhr ich, daß er ein Ferienhaus nahe der kanadischen Grenze besaß, nicht weit von meinem Domizil entfernt. Er verbrachte dort jedes Wochenende. An einem Sonntagnachmittag zog ich mir Jeans an, die so eng waren, daß man einen Pickel auf der Haut hätte erkennen können, und beschloß, ihm dort einen Besuch abzustatten." Mrs. Nimoy blies genüßlich den Rauch in die Luft, während ich sie überrascht anstarrte. „Sie sind ihm nachgereist?" „Ja, natürlich", antwortete sie. „Hören Sie, Doktor, ich gehöre nicht zu den Frauen, die still in einer Ecke auf den Märchenprinzen warten." Sie warf trotzig ihr Haar in den Nacken. „Ich wollte mir Klarheit verschaffen und gab vor, mit ihm noch einige Einzelheiten meines Manuskripts besprechen zu wollen. Wenn die Sache nicht hinhaut, fährst du einfach wieder zurück, habe ich mir gedacht. Sein Blockhaus lag an einem idyllischen See. Er saß auf seiner Veranda und starrte hinaus auf das Wasser, als ich kam. Gleich nachdem wir die ersten Worte gewechselt hatten, wurde mir klar, daß es ein Fehler gewesen war, hier heraus zu kommen. Gewiß, er war nett und freundlich, aber es war diese aufgesetzte Freundlichkeit, wie sie Menschen an den Tag legen, wenn sie bei irgend etwas gestört werden. Überhaupt schien er mir seltsam angespannt zu sein." Mrs. Nimoy warf die Zigarettenkippe zu den Goldfischen und fuhr sich gedankenverloren durch das wirre Haar. „Na ja, wenigstens war er noch so höflich, mir einen Drink anzubieten. Irgendwann verabschiedete ich mich, klemmte mir mein Manuskript unter den Arm und ging zum Wagen. Zu jener Zeit wurde in dieser Gegend immer wieder vor Bären gewarnt. Wie ich später erfuhr, war das Feriendorf auf einer ihrer bevorzugten Routen gebaut worden. Getrieben von Hunger, kamen die Tiere manchmal direkt vor die Häuser, um die Mülltonnen zu plündern. Als ich mich hinter das Lenkrad setzte, überschlugen sich die Ereignisse. Ich bemerkte, daß der Wagen im Schlamm steckte, und je öfter ich auf das Gaspedal trat, umso mehr schien er sich einzugraben. Alarmiert durch das Aufheulen des Motors, kam Sid aus dem Haus und begann den Wagen anzuschieben. Den Bären, der sich langsam näherte, sah ich zuerst im Seitenspiegel. Sekunden später hörte ich Sid gellend schreien. Er wurde wie eine Puppe durch die Luft geschleudert und versuchte, bereits verletzt, vor dem Tier auf allen vieren davonzukriechen. Aber es war aussichtslos. Der Bär attackierte ihn immer wieder. Ich drückte meine Hand auf die Hupe." Mrs. Nimoy verschränkte die Arme, als ob sie frieren würde, und starrte ins Leere. „Waren es Sekunden oder Minuten, ich weiß es nicht mehr. Irgendwann jedenfalls war der Bär verschwunden. Als ich aus dem Wagen stieg, um nach Sid zu sehen, fühlte ich gleich, daß er tot war. Ich ging zögernd auf ihn zu. Er war übel zugerichtet und lag seltsam verdreht im Schlamm. Wie eine Marionette, die irgend jemand dorthin geworfen hatte. Aber etwas schien mit der Leiche nicht zu stimmen. Dort, wo seine Haut verletzt war, sah sie aus, als wäre ein Taucheranzug geplatzt. Der Bär hatte Sid einen Teil der Gesichtshaut weggerissen, doch statt freigelegter Wangenknochen starrte mich durch die zerrissene Haut ein anderes Gesicht an. Dieses Gesicht war glatt und konturlos. Mit seinen zwei dunklen Knopfaugen hatte es Ähnlichkeit mit einem Frosch."

Mrs. Nimoy hatte ihre Geschichte kurz unterbrochen und wischte sich verstohlen eine Träne aus dem Augenwinkel, während ich fassungslos dasaß. „Verstehen Sie, Doktor, mein Märchenprinz war kein gutaussehender sensibler Mann, er war bloß ein seltsames Wesen, das sich mit einer Art Anzug in einen gutaussehenden sensiblen Mann verwandelt hatte." „Was geschah dann?" Ich steckte mir eine Zigarette an, während sie mit tonloser Stimme weitersprach. „Ich lief ins Haus, um die Polizei zu alarmieren, und wenige Minuten später landete ein Hubschrauber auf dem Gelände. Sie brachten die Leiche in die Polizeistation des Ortes, wo sie für einiges Aufsehen sorgte. Der Sheriff und seine Deputies umzingelten dieses Ding, das auf einem Tisch aufgebahrt war, und in einem Punkt waren sich alle einig: Keiner von ihnen hatte je so etwas gesehen. Schließlich wurde der Gemeindearzt herbeigeholt. Er schüttelte immer wieder den Kopf, während er den Anzug des Wesens besah. Dieser war auf der Innenseite mit kleinen Saugnäpfen ausgestattet, deren Aufgabe es vermutlich war, sich an der Haut des Geschöpfes festzusaugen und somit dem Anzug eine perfekte Paßform zu verleihen. Im Gewirr der Stimmen hörte ich noch, wie jemand von einem Anruf beim FBI sprach. Dann wurde ich nach Hause geschickt. Man würde mich verständigen, sobald man Näheres herausgefunden hätte, hieß es." Mrs. Nimoy streckte ihre Finger in den Teich, in dem die Goldfische gerade dabei waren, nach meiner Zigarettenkippe zu schnappen, bevor sie mühsam beherrscht weitererzählte. „Noch am selben Abend brannte die Polizeistation bis auf ihre Grundmauern ab. Weder der Sheriff noch einer seiner Deputies überlebten das Feuer. Der Arzt, der das Wesen untersucht hatte, kam einige Tage später bei einer Gasexplosion ums Leben. Es hieß, man hätte nur seinen Arm beerdigt. Mehr hätte das Unglück von seinem Körper nicht übriggelassen. Es war mir sofort klar, daß ich da in irgend etwas hineingeraten war. Ich gab mein Haus in Nord-Dakota auf und floh nach Florida. Aber seither werde ich von zwei Männern verfolgt. Der eine, ein kahlköpfiger, gedrungener Typ, sieht wie ein Bullterrier aus. Der andere hat weißblondes Haar, das zu einem Pferdeschwanz gebunden ist. Ich bin sicher, daß mein Leben in Gefahr ist." Mrs. Nimoy hatte ihre Geschichte wieder unterbrochen, während ich sie fasziniert beobachtete. „Warum, glauben Sie, trachtet Ihnen irgend jemand nach dem Leben?" „Das liegt doch auf der Hand", antwortete sie. „Diese Wesen, wo immer sie auch herkommen, haben die Menschheit infiltriert, bis hinauf in die höchsten Kreise. Bedenken Sie, daß nur ein einziger Anruf beim FBI genügt hat, um alle Zeugen des Vorfalls auszulöschen. Nachdem ich das begriffen hatte, war ich von dem Plan besessen, eines dieser Wesen öffentlich zu demaskieren. Wenn die Menschen die Wahrheit erfahren, so dachte ich, werden sie den Widerstand organisieren und die Fremden ein für allemal von unserem Planeten jagen. Als ich diese Verkäuferin im Supermarkt sah, glaubte ich, fündig geworden zu sein. Ihre Haut war seltsam ausgeleiert, als wäre sie kein Bestandteil ihres Körpers gewesen, und sie hatte eigentümliche Falten am Dekolleté. Ich war mir sicher, daß sie eine von denen ist. Ebenso wie der Typ in der Bank. Aber ich habe mich geirrt. Es war eben Pech."

Bill Gregory saß in der Kantine der Klinik und ließ das letzte Stück eines Steaks in seinem Mund verschwinden. „Das ist eine der originellsten paranoiden Wahnvorstellungen, die ich je gehört habe", sagte er und schüttelte den Kopf. „Übrigens, glaubst du, daß auch unsere Schwester Iris eine von denen ist?“ Er grinste breit und wippte übermütig mit seiner Kopfhaut, wodurch sein Haar wie eine Perücke aussah. „Wenn Schwester Iris ein Außerirdischer ist, dann aber ein überaus kräftiger“, scherzte ich, während Bill lauthals lachte. „Übrigens, was tut ein Mann, der eben wieder Junggeselle geworden ist, an einem verlängerten Wochenende?“ Er sah mich fragend an. „Ich besuche einen Ort mit dem Namen Hunterstone, nahe der kanadischen Grenze“, antwortete ich. „Ist das der Ort, von dem dir die Nimoy erzählt hat?“ Ich nickte. „Mein Gott, Ben, was willst du dort?“ stammelte er ungläubig. „Ich versuche, dort einige Fakten zu finden, mit denen ich Susan Nimoys Geschichte widerlegen kann.“ „Dir muß wirklich langweilig sein.“ Er griff sich demonstrativ an den Kopf, während er sich vom Stuhl erhob und seinen Adlerblick aufsetzte.

Der See lag eingebettet zwischen bewaldeten Hügeln, und seine Oberfläche war glatt wie Öl. Fischreiher flogen wie Pfeile durch die Luft und schlugen mit den Flügeln auf die Wasseroberfläche, um einen Schwarm Fische in die Enge zu treiben. Ich sog genüßlich die Luft ein, und sie roch nach Wasser und Erde. Tatsächlich wäre hier einmal eine Polizeistation abgebrannt, sagte der alte Mann vom Bootsverleih. Allerdings konnte er sich nicht daran erinnern, daß jemand mit dem Namen Sid Turner hier ein Haus gehabt hätte. Und auch von einer mysteriösen Leiche hätte hier niemand etwas gehört. Als einer der ältesten Einwohner dieser Gegend müßte er von solchen Vorfällen wissen, versicherte er mir und verabschiedete sich mit einem kräftigen Händedruck. Ich verbrachte den restlichen Tag mit Angeln. Mein Metallköder glitt durch das türkise Wasser, und gegen Mittag hatte ich eine respektable Forelle am Haken. Ich schenkte dem Fisch die Freiheit und beobachtete die verräterische Spur Luftblasen, die anzeigte, wohin er geflüchtet war. Am späten

Nachmittag befiel mich schließlich die Langeweile. Der Wind kräuselte leicht die Wasseroberfläche, und irgendwann waren Wildenten erschienen, die, aus welchen Gründen auch immer, meine Angelschnur attackierten. Ich beschloß, meine Angelgeräte einzupacken und mich noch ein wenig im Ort umzusehen. Als ich beim Bootsverleih vorbeikam, sah ich den Alten wieder, der am Steg hockte und an einer Bootsleine herumnestelte. „Sie haben vorhin den Lektor gemeint", sagte er plötzlich. Ich blieb überrascht stehen und sah ihn an. „Als Sie nach einem Sid Turner fragten, da konnte ich zunächst nichts damit anfangen. Dann aber fiel mir ein, daß Sie möglicherweise den Lektor gemeint haben. Wir nannten ihn immer so, weil wir außer seinem Beruf nichts über ihn wußten." Er wickelte die Bootsleine um einen Pfosten und sirrte sie fest, bevor er weitersprach. „Er war schon ein seltsamer Kerl, dieser Lektor. Saß immer am Steg vor seinem Haus und starrte hinaus auf das Wasser. Keine Ahnung, was er dort zu finden hoffte." „Wissen Sie, was aus ihm geworden ist?" Der Alte zuckte mit den Schultern. „Nein, tut mir leid. Eines Tages war er einfach verschwunden. Er muß eine Menge Schulden gehabt haben, denn das Haus wurde zwangsversteigert. Margaret Kusak ist nun die neue Besitzerin. Sie vermietet es an Angler und Touristen. Falls Sie daran interessiert sind, sie betreibt ein kleines Geschäft am Ende der Straße." Er zeigte zu einer mit Schlaglöchern übersäten Straße, die direkt in den Ort führte. Ich bedankte mich höflich und stieg in meinen Wagen. Beim Wegfahren konnte ich noch seinen Blick spüren, der mir lange hinterhersah.

Margaret Kusak war Mitte Dreißig, hatte das Gesicht voller Sommersprossen und trug einen Jeansanzug. Ihr Laden quoll über, vor Angelgeräten, Schnüren und Ködern. „Sie wollen also das Haus für drei Tage mieten, Mister?" „Ja", antwortete ich. „Wissen Sie, ich bin leidenschaftlicher Angler. Man könnte es auch so ausdrücken: Ich liebe Fische." „Sie lieben Fische?" Margaret Kusak grinste breit. „Na ja, Mister, wir haben alle unsere Schwächen." Ich bemerkte das kleine Foto über ihrem Kopf, das sie zusammen mit einem baumlangen Typen zeigte, der einen kapitalen Schwarzbarsch in seinen Händen hielt. „Auch Ihr Mann scheint Fische sehr zu lieben", sagte ich und zeigte auf das Foto. „Den Barsch habe ich gefangen", entgegnete sie. „Und das ist nicht mein Mann, sondern mein Bruder. Ich bin nicht verheiratet." Sie biß sich auf die Unterlippe, als hätte sie Angst, zuviel von sich preisgegeben zu haben. Schließlich öffnete sie eine Kassette und holte einen Schlüssel daraus hervor, den sie über das Verkaufspult zu mir schob. „Hier Mister, dann viel Spaß." Ich sah sie erstaunt an. „Wollen Sie denn keinen Ausweis von mir sehen?" Sie machte eine abwehrende Handbewegung. „Nicht nötig. Sie sehen nicht aus wie jemand, der irgend etwas mitgehen läßt."

Das Haus war über einen schmalen Pfad zu erreichen, der durch kniehohes Gestrüpp führte. Ich öffnete die Tür und trat ein. Durch die schmutzigen Fensterscheiben fiel milchigweiß das Sonnenlicht, und es roch nach Holz und Sägespänen. Die Tür fiel knarrend hinter mir ins Schloß, und ich ließ meinen Blick durch den Raum wandern. Eine kleine Kochnische, ein Bett mit karierten Laken und ein Schrank mit verstaubten Gläsern waren die ersten Gegenstände, die ich wahrnahm. An den Wänden hingen einige Fischtrophäen, die mich mit teilnahmslosen Glasaugen anglotzten. Ich ging einige Schritte durch den Raum und öffnete die Tür, die hinaus auf den Steg führte. Weit draußen am See waren einige Fischerboote zu erkennen, und die Nachmittagssonne kitzelte meine Nasenschleimhaut. Ich entdeckte den vergammelten Lehnsessel, der in einer Ecke stand, ließ mich darauf nieder und legte den Kopf in den Nacken. Sid Turner fiel mir plötzlich ein. Genauso mußte er einst hier gesessen sein und hinaus auf den See gestarrt haben. Aber nach was hielt er Ausschau? Vor meinem geistigen Auge erschien Susan Nimoy. Ich sah sie deutlich vor mir. Wie sie mit ihrem Drink in der Hand auf Turner einredete. Die nicht unansehnliche Figur in enge Jeans gezwängt. Ich versuchte mir den Bären vorzustellen, wie er mit Turners zerfetzter Leiche spielte, und den Arzt des Ortes, wie er von den gleißenden Flammen der Gasexplosion verschlungen wurde. Ich weiß nicht mehr, wie lange ich auf dem Steg in der Sonne saß, aber irgendwann wurde mir schmerzlich bewußt, daß ich schon seit Stunden nichts mehr gegessen hatte. Ich beschloß, noch einmal in den Ort zu fahren und mich mit Lebensmitteln zu versorgen.

Als die Dämmerung hereinbrach, brutzelten Filetspitzen in einer Kupferpfanne, und kalifornischer Rotwein stand, in eine Serviette gehüllt, zum Genießen bereit. Gerade als ich dabei war, mir das Essen anzurichten, klopfte es an der Tür. Ich öffnete und sah direkt in Margaret Kusaks Sommersprossengesicht. „Ich bin gerade auf dem Nachhauseweg und wollte nur sehen, ob Sie zurechtkommen oder irgend etwas brauchen“, sagte sie. „Vielen Dank“, entgegnete ich. „Das ist sehr nett von Ihnen.“ Ich trat einen Schritt zur Seite und machte eine einladende Geste. „Sie kommen gerade recht. Darf ich Sie zum Abendessen einladen?“ Sie zögerte kurz und sah sich verstohlen um. „Ich weiß nicht, Mister. Das ist ein kleiner Ort, und die Leute hier reden gern blödes Zeug.“ „Ach kommen Sie. Vergessen Sie die Leute doch einfach.“ Ich lächelte sie an. „Übrigens, mein Name ist Ben.“ Ich streckte ihr meine Hand entgegen, und sie erwiderte zaghaft meinen Händedruck.

Margaret Kusak gehörte zu den Menschen, die erst auf den zweiten Blick attraktiv wirken. Sie hatte nicht die optischen Vorzüge mancher Frauen, die Männer dazu verleiten, sich heimlich nach ihnen umzudrehen. Es war mehr die Art, wie sie sprach, wie sie lächelte, wie sie ihre stämmige, aber wohlproportionierte Figur bewegte. Nach dem Essen saßen wir auf dem Steg vor dem Haus und tranken den Kalifornier aus Wassergläsern. Es war eine dieser weinseligen Stimmungen, in denen Menschen mehr als gewöhnlich von sich preisgeben. „Wissen Sie, in all den Jahren habe ich meine Frau nie betrogen", lallte ich. „Nicht weil ich dazu keine Gelegenheit gehabt hätte, nein, ich habe einfach gefunden, daß es der Preis wäre, den man für eine gute Beziehung zahlen sollte. Und nun ist sie es, die mit einem anderen Kerl abgehauen ist. Das nennt man Schicksal." Ich prostete ihr zu, in einer Mischung aus Sarkasmus und Traurigkeit. „Ich weiß eigentlich gar nicht, warum ich Ihnen das alles erzählt habe." „Vielleicht, weil Sie es mir einfach erzählen wollten, Ben", sagte sie und legte vorsichtig ihre Hand auf meine. Eine Weile sprachen wir beide kein Wort und sahen hinaus auf den See. „Ich habe Sie vorhin angelogen", preßte ich leise hervor. „Ich bin nicht nur wegen des Angelns gekommen. Ich wollte eigentlich auch etwas über Sid Turner herausfinden. Den früheren Besitzer dieses Hauses." „Weshalb denn das?" Sie sah mich interessiert an. „Eine Patientin in der Klinik ist besessen von Turner. Sie hält ihn für eine Art Außerirdischen." „Das ist doch nicht Ihr Ernst?" Margaret konnte nur mit Mühe ein Grinsen unterdrücken. „Doch", antwortete ich. „Ich bin hier, um einige Fakten zu sammeln, mit denen ich ihre Zwangsvorstellung entkräften kann." „Ihre Patienten liegen Ihnen wohl sehr am Herzen?" Sie beobachtete mich neugierig, und ich nickte. „Haben Sie Turner eigentlich gut gekannt, Margaret? Was war er für ein Mensch?" Sie zuckte mit den Schultern. „Ich habe mit ihm kaum mehr als einige Worte gewechselt. Er kam manchmal in meinen

Laden und kaufte Unmengen von Würmern, obwohl man ihn nie angeln sah. Die meiste Zeit saß er hier auf dem Steg und starrte auf das Wasser hinaus. Manchmal sah er auch direkt zum Himmel. Keine Ahnung, was er dort suchte.“ „Vielleicht seinen Heimatplaneten“, entgegnete ich, und Margaret kicherte. Es war spät geworden. Sie saß unter dem sternklaren Himmel und hatte den Kopf in den Nacken gelegt. Von der Seite betrachtet, hatten ihre Gesichtszüge etwas sehr Dynamisches, fast ein wenig Kriegerisches. In diesem Moment erinnerte sie mich an ein Gemälde, das ich vor vielen Jahren in einem Museum gesehen hatte und auf dem die Jagdgöttin Diana dargestellt war. „Sie haben schönes Haar, Margaret“, säuselte ich. Sie legte ihren Zeigefinger auf meinen Mund und ließ ein leises „Pst“ ertönen. „Ich glaube, es ist besser, wenn Sie jetzt zu Bett gehen, Ben“, sagte sie. „Sie wollen doch morgen ausgeschlafen sein, wenn ich Ihnen zeige, wo sich die großen Barsche verstecken.“ Sie erhob sich von ihrem Stuhl und ging zur Tür, wo sie sich noch einmal umdrehte. „Übrigens, es war ein schöner Abend“, hörte ich sie noch sagen. Dann fiel die Tür ins Schloß. In jener Nacht hatte ich einen seltsamen Traum. Ich sah Sid Turner, wie er den kleinen Duschraum des Hauses betrat. Er griff in eine von Margarets Köderdosen, steckte sich eine Handvoll ekelhaftes Gewürm in den Mund und riß sich zu den Klängen von Elvis Presleys *Jailhouse Rock* die Kunsthaut vom Leib. Das Wesen, das zum Vorschein kam, wippte mit seinen lächerlich dürren Hüften, schüttelte seinen Froschkopf, und ich erwachte schweißgebadet.

Es war ein wunderschöner Morgen, als ich mich auf den Weg zum Bootsverleih machte. Das Sonnenlicht brachte die vielfältigen Farben des Waldes zum Leuchten, und der See lag wie ein unwirklicher blauer Klecks in der Landschaft. Ich traf Margaret am Steg, wo sie sich angeregt mit dem Alten unterhielt. Sie hatte ihren

Jeansanzug gegen eine grüne Fischerkluft und Gummistiefel getauscht und trug ihr Haar zu einem Pferdeschwanz gebunden. Wir nahmen in einem der Boote Platz, und der Alte löste die Leine. Während ich ruderte, dirigierte sie mich zu einer eher unwirtlichen Stelle des Sees, an der einige alte Tannen ins Wasser gestürzt waren. Ihr Instinkt erwies sich als richtig, denn bis zum Nachmittag hatten einige imposante Barsche unsere Köder geschnappt. Der Alte stand bereits am Steg und wartete, als wir anlegten. Ich hatte ursprünglich vor, sie zu fragen, ob sie mit mir den Abend verbringen würde. Dann aber hatte ich Angst, sie könnte mich für aufdringlich halten. Also entschloß ich mich zu einer unverfänglicheren Alternative. Ich verabredete mich mit ihr wieder zum Angeln. Nachdem ich sie in den Ort gebracht hatte, stieg sie mit einem „Bis morgen" aus dem Wagen und verschwand in einem Haus, das sich gleich vis-a-vis von ihrem Angelladen befand.

Es wurde Abend, und leichter Regen hatte eingesetzt. Ich saß mutterseelenallein vor dem kleinen offenen Kamin des Hauses, zog an einer Zigarette und sah müde ins Feuer. Ein wenig tat es mir nun leid, daß ich Margaret nicht gefragt hatte, ob sie mit mir den Abend verbringen würde. Schließlich besann ich mich wieder auf den Grund meiner Reise. Ich ging unruhig im Haus umher und sah mich um. Die Wahrscheinlichkeit, noch einige persönliche Dinge von Turner zu finden, erschien mir äußerst gering. Ich entdeckte die Tür, die zum Dachboden führte. Die Scharniere waren eingerostet, und es kostete mich einige Mühe, bis ich sie offen hatte. Ich hielt mein Feuerzeug in die Luft und ging die schmale Treppe hinauf. Spinnweben hingen wie fein gewebte Schleier von der Decke, und ich stolperte über einige leere Wurmdosen, die vermutlich die einzigen Requisiten waren, die Turner zurückgelassen hatte. Ich stand jetzt in der Mitte des Raumes, leuchtete mit meinem Feuerzeug und stellte enttäuscht fest, daß mir nur gähnende Leere entgegenschlug. Also entschloß ich mich, wieder zurück zur Treppe zu gehen. Gerade als ich den Abgang fast erreicht hatte, verharrte ich plötzlich in der Bewegung. Etwas war seltsam am Klang meiner Schritte. Ich ging wieder zurück zur Mitte und wiederholte das Spiel. Tatsächlich, an einer Stelle unter dem Boden mußte sich ein Hohlraum befinden. Ich kniete mich nieder und sah, daß die Verschraubung von einigen Brettern verdächtig ausgeleiert war. Nachdem ich im gesamten Haus kein geeignetes Werkzeug gefunden hatte, kam ich mit einem abgerundeten Eßmesser und einer Taschenlampe wieder zurück zur bewußten Stelle. Nach einer mir endlos erscheinenden Zeit hatte ich die Verschraubung gelöst und entfernte zwei Bretter. Meine Vermutung erwies sich als richtig. Unter dem Bretterboden befand sich ein kleiner Hohlraum. Ich hielt die Taschenlampe in das dunkle Loch, konnte aber kaum etwas erkennen. Schließlich griff ich beherzt hinein und holte eine schwarze Mappe daraus hervor. Ich öffnete die beiden Bänder, mit denen sie verschlossen war, und Sekunden später fielen einige Zeichenblätter zu Boden. Wie ich im Licht der Lampe erkennen konnte, handelte es sich um Federzeichnungen, die möglicherweise Turner einmal angefertigt hatte. Die Motive darauf waren allerdings dazu angetan, mir den Atem zu rauben. Bild 1 zeigte eine Gruppe von seltsamen froschartigen Wesen, die sich in einem Iglu-artigen Haus um ein Gerät scharten, das Ähnlichkeit mit einem Fernseher hatte. Bild 2 zeigte eine ganze Stadt mit solchen Igluhäusern und fremdartigen Tempeln dazwischen. Mit Straßen, auf denen wundersame Gefährte zu sehen waren, und einem Himmel, der mit eigenartigen Flugobjekten übersät war. Auf Bild 3 waren zwei dieser Wesen zu erkennen, die sich ineinander verkrallt hatten.

Wobei es mir unmöglich war, klar zu bestimmen, ob es sich um einen Liebesakt oder eine Kampfszene handelte. Und schließlich gab es noch Bild 4. Auf diesem Bild sah man eines dieser Wesen, wie es aus einem im Wasser treibenden Flugobjekt kletterte. Ich hockte ungläubig da und leuchtete mit der Taschenlampe auf Turners Zeichnungen. Und draußen öffnete der Himmel seine Schleusen und ließ einen warmen Guß auf Hunterstone niedergehen.

„Diese Zeichnungen sind höchst merkwürdig", sagte Margaret, die im Boot saß und auf Sid Turners Werke starrte. Wir ankerten weit draußen im See und hatten unsere Köder auf Grund gelegt. „Sie sehen nicht gerade glücklich aus, Ben." „Ganz recht", erwiderte ich. „Sehen Sie, ich habe meiner Patientin versprochen, daß ich ihr nichts, was ich herausgefunden habe, vorenthalten werde. Und diese Bilder helfen ihr nicht unbedingt weiter. Sie wird sagen, daß Turner das gemalt hat, was er tatsächlich gesehen hat." Ich sah hinaus auf das Wasser, während mich Margaret nachdenklich beobachtete. „Na schön, Ben", erklärte sie. „Denken wir einmal einen höchst unwahrscheinlichen Gedanken zu Ende. Da kommt ein hochintelligentes Wesen aus dem Weltraum. Mit Hilfe einer Art Hightechanzug verwandelt es sich in den Lektor Sid Turner. Warum tut es so etwas?" „Es ist ein Forscher", antwortete ich. „Es studiert uns. Es tarnt sich mit diesem Anzug, so wie ein Anthropologe in ein Affenkostüm schlüpft. Und sich unter eine Horde Gorillas mischt." Margaret lachte herzhaft. „Sie haben keine sehr hohe Meinung von der Menschheit, Ben." Sie steckte sich eine Zigarette an und warf einen raschen Blick auf unsere Angelleinen, die den ganzen Vormittag von den Fischen verschont geblieben waren. Gerade als ich dabei war, die Bilder wieder in der schwarzen Mappe zu verstauen, verharrte ich wie vom Blitz getroffen in der Bewegung.

Mein Blick fiel auf das Bild, auf dem das Wesen zu sehen war, das gerade aus dem im Wasser treibenden Flugobjekt kletterte. Ich hielt das Bild in die Höhe, sah zum gegenüberliegenden Ufer, und dann wieder auf das Bild. „Margaret, sehen Sie sich einmal dieses Bild an“, stammelte ich. „Und sehen Sie es sich genau an.“ Sie nahm das Bild, hielt es in die Höhe und legte konzentriert ihre Stirn in Falten. „Sie haben recht“, sagte sie schließlich. „Der Hintergrund des Bildes zeigt eine Stelle am gegenüberliegenden Ufer. Aber worauf wollen Sie hinaus?“ „Nun, wenn die Proportionen auf dem Bild stimmen, dann ist er zirka 25 Meter vom gegenüberliegenden Ufer in den See gestürzt“, antwortete ich. „Wie sagten Sie so schön, Margaret? Denken wir einmal einen höchst unwahrscheinlichen Gedanken zu Ende.“ Ich steckte mir nun ebenfalls eine Zigarette an, bevor ich weitersprach. „Er ist vor langer Zeit mit seinem Raumschiff in diesen See gestürzt. Er hat sich später das Haus gekauft, um sein Geheimnis immer im Auge behalten zu können.“ Margaret schüttelte lachend den Kopf. „Das ist aber eine höchst abenteuerliche Theorie, Ben.“ „Wie tief ist denn der See an dieser Stelle?“ Ich sah sie fragend an, während sie mit den Schultern zuckte. „Etwa fünf Meter, schätze ich, weshalb?“ „Nun, weil ich glaube, daß diese Tiefe auch ohne Sauerstofflasche zu schaffen sein müßte“, entgegnete ich. „Haben Sie eine Taucherbrille und Flossen in Ihrem Laden, Margaret?“ Sie starrte entgeistert in mein Gesicht.

Es war etwa zwei Stunden später, als wir vom Angelladen zurückgekehrt waren und die Stelle im See erreicht hatten. Wir warfen unseren Anker aus, und ich zog, unter Margarets besorgten Blicken, meine Flossen an. „Wissen Sie, Ben, wenn Sie nicht manchmal so intelligentes Zeug reden würden, dann würde ich sagen, daß Sie jetzt nur noch einen sehr schmalen Grad von Ihrer Patientin entfernt sind.“ „Mag sein“, preßte ich hervor, während ich die Tauchermaske über meinen Kopf stülpte. „Aber wenn ich meiner Patientin glaubhaft versichern kann, daß sich an dieser Stelle des Sees nichts Außergewöhnliches befindet, dann wäre das der Beweis, daß auch Turners Bilder Produkte seiner Phantasie sind.“ Ich ließ mich ins Wasser gleiten und sah noch einmal zu ihr hoch. „Nur keine Sorge, ich bin gleich wieder zurück.“ Nachdem ich untergetaucht war, glitt ich entlang der Ankerleine hinab auf den Seegrund. Unten angekommen, legte ich den Kopf in den Nacken und sah hinauf zur Wasseroberfläche, wo Margarets Boot in den Wellen schaukelte. Erst jetzt wurde mir bewußt, daß ich wesentlich tiefer unten war, als die von Margaret geschätzten fünf Meter. Meine Lungen schmerzten, und in meinem Kopf fühlte ich ein unangenehmes Pochen. Wenn ich die Zeit einkalkulierte, die ich zum Aufstieg benötigte, dann hatte ich höchstens eine halbe Minute Zeit, um mich ein wenig umzusehen. Ich ließ die Ankerleine los und glitt über den Grund, der an dieser Stelle mit einem dichten Pflanzenteppich überzogen war. Das Wasser war glasklar, und die Sicht war erstaunlich gut. Die Pflanzen kitzelten meinen Bauch, während ich darüber glitt. Schließlich streckte ich meine Hand aus, griff in das bräunlichgrüne Gewirr und zog daran. Algen lösten sich vom Grund, schwebten in langen Fäden davon und gaben den Blick frei auf: Metall!

„Mein Gott, Ben, kommen Sie zu sich.“ Ich öffnete die Augen und sah direkt in Margarets erschrockenes Gesicht. „Was ist passiert?“ Ich konnte die Worte nur flüstern. „Sie waren zu lange unten“, antwortete Margaret. „Sie sind ohnmächtig an die Wasseroberfläche getrieben. Wir können von Glück reden, daß diese beiden Herren mit ihrem Boot hier vorbeigekommen sind. Alleine hätte ich Sie nie aus dem Wasser zerren können.“ Erst jetzt nahm ich die beiden Männer wahr, die hinter ihr standen und mit den Köpfen nickten, was wohl als eine Art von Begrüßung zu verstehen war. „Margaret“, stammelte ich. „Irgend etwas ist da unten. Es ist groß und mit Pflanzen überwuchert. Ich muß noch einmal hinunter.“ „Den Teufel werden Sie tun, Ben“, zischte sie. „Sie kommen jetzt mit mir mit, und ich bringe Sie zum Arzt.“

Dr. Silverman, der Arzt des Ortes, summte einen alten Countrysong, während er mich untersuchte und einige einfache neurologische Tests durchführte. Sein Resthaar war kunstvoll über seine Stirn gekämmt, und er roch seltsam nach Mandelöl. „Sie hatten Glück“, brummte er. „Es hat den Anschein, als ob alles okay ist. Dennoch würde ich Ihnen raten, sich noch einmal gründlich in einer Klinik durchchecken zu lassen.“ Er warf mir einen autoritären Blick zu, und ich nickte gehorsam. Es war der letzte Tag meines Aufenthaltes in Hunterstone. Morgen früh mußte ich die Heimreise antreten. Ich fragte Margaret, ob sie mit mir den Abend verbringen würde. „Das hatte ich ohnehin vor“, sagte sie und lächelte. „Ich muß doch aufpassen, daß Sie nicht wieder irgendeine Dummheit anstellen.“
Kurze Zeit später saßen wir an unserer gewohnten Stelle am Steg. Dicke Nebelschwaden zogen über das Wasser, und es begann rasch dunkel zu werden. „Hunterstone ist ein schöner Ort“, sagte ich zu ihr, während ich unsere Gläser mit Wein füllte. „Es hindert Sie ja nichts daran, wiederzukommen, Ben“, flüsterte sie. Ich legte meine Hand auf ihre Schulter, kam langsam näher und küßte sie. „Ich werde schneller wiederkommen, als du es für möglich hältst.“ „Das will ich dir auch geraten haben“, scherzte sie. Wir lachten beide, bevor sie ihre Lippen wieder auf meine preßte.
Der Highway lag so schnurgerade vor mir, als wäre er mit einem gigantischen Lineal in die Landschaft gezeichnet worden, und der Motor meines Vans schnurrte monoton, als plötzlich das Telefon

läutete. Bill war am Apparat und erzählte mir mit sich überschlagender Stimme, daß Susan in der Nacht eine Krankenschwester angegriffen hatte. Vier Pfleger, so erklärte er, wären notwendig gewesen, um sie von ihrem Opfer zu trennen, das Verletzungen an den Wangen erlitten hatte. „Ich habe Dir auch etwas zu erzählen, Bill“, unterbrach ich ihn. „Du kannst Dir nicht vorstellen, was ich in Turners Haus gefunden habe.“ „Doch“, entgegnete er. „Möglicherweise Bilder von froschähnlichen Wesen?“ Seine Antwort kam so unerwartet, daß ich einige Sekunden verblüfft schwieg. „Du willst wissen, woher ich das weiß?“ Er lachte schallend. „Nun, während du auf Urlaub warst, habe ich auch einige Nachforschungen angestellt. Sid Turner war nicht nur Lektor, sondern auch Schriftsteller. Er war bekannt dafür, daß er seine Ideen zuerst zeichnete, bevor er sie niederschrieb. Und nun Ben, halte dich fest.“ Seine Stimme vibrierte hörbar. „Im Alter von dreißig Jahren schrieb Turner einen Science-Fiction-Roman. Er handelte von Außerirdischen, die sich mit Anzügen tarnen, um die Menschheit zu infiltrieren. Wie findest du das?“ „Gute Arbeit, Professor Gregory“, witzelte ich. „Die Geschichte ist noch nicht zu Ende“, keuchte Bill ins Telefon. „Ich habe mit Susan Nimoys Mutter gesprochen. Susan war einer der glühendsten Fans von Turners Romanen. Vor allem die Geschichte mit den Froschgesichtern hatte es ihr angetan. Im Laufe der Jahre muß die Vorstellung von einer Invasion Außerirdischer bei ihr zu einer fixen Idee geworden sein.“ Er holte tief Luft, nachdem er seinen Redeschwall beendet hatte. „Bill, da ist aber noch etwas“, stammelte ich vorsichtig. „Ich bin auf den Grund des Sees getaucht. Irgend etwas ist dort unten. Ich kann dir nicht sagen, was es ist, aber es muß riesig sein.“ Aus der Freisprechanlage war ein unangenehmes Rauschen zu vernehmen, und ich konnte Bill nur noch schlecht verstehen. „Ben, ich weiß nicht, was du dort unten gesehen hast, aber ich kann dir garantieren, daß Turner kein Außerirdischer war. Ich muß jetzt abbrechen, die Verbindung wird immer schlechter. Wir sehen uns dann in der Klinik."

Als ich die Klinik betrat, kam mir Bill bereits am Gang entgegen. Er sah müde und abgekämpft aus. „Wir haben sie hier untergebracht", sagte er und zeigte auf eine Tür, hinter der sich ein Raum befand, der mit Matten an den Wänden ausgelegt war. „Eigentlich wollten wir sie ruhigstellen", erklärte er. „Aber dann wollte ich doch abwarten, bis du kommst. Sie ist schließlich deine Patientin." Ich betrat den Raum und sah Susan Nimoy auf dem Boden sitzen. Das Haar wie immer wirr und ungepflegt, die Augen auf mich gerichtet wie ein in die Enge getriebenes Tier. „Ich will Ihnen helfen, Susan", sagte ich. „Professor Gregory hat sich erkundigt. Sid Turner hat den Roman mit den Außerirdischen geschrieben. Sie waren sein größter Fan. Sein Buch muß Sie so sehr beeindruckt haben, daß die Vorstellung von Außerirdischen auf der Erde für Sie immer mehr zur Realität wurde." „Ihr lügt doch", schrie sie. „Ihr verdammten Mistkerle lügt doch." „Beruhigen Sie sich, Susan. Sie haben nichts zu befürchten." Ich bemühte mich wie immer um einen professionellen Tonfall. „Sie sind so dumm, Nikolas", keuchte sie. „So dumm wie die Fische, für die Sie sich so interessieren." Sie stieß sich plötzlich vom Boden ab und rannte an mir vorbei auf den Gang. „Sie ist die Treppe zum Dach hoch", schrie Bill, der vor der Tür gestanden hatte und von Susans Flucht genauso überrascht wurde wie ich. „Soll ich die Pfleger holen?" Er sah mich fragend an. Ich winkte ab. „Nein, das mache ich schon alleine. Ich kenne sie schließlich am besten."
Ein starker Wind pfiff über das Flachdach, auf dem sich eine riesige

Belüftungsanlage befand, die mich immer ein wenig an ein Kernkraftwerk erinnert hatte. Der Gedanke, daß hier irgendwo zwischen Rohren und Metallschienen eine verrückte Frau saß, verursachte mir nun doch einiges Unbehagen. Ich sah Susan Nimoy nur mehr als dunklen Schatten neben mir auftauchen, dann spürte ich einen heftigen Stoß und bekam Übergewicht. Im Fallen gelang es mir noch, mich zur Seite zu drehen und an der Dachrinne festzuhalten. Ich hing über dem Abgrund und versuchte mich hochzuziehen, aber alle Mühe war umsonst. Umso erleichterter war ich, als Bills Kopf über mir erschien. „Gib mir deine Hand, Ben", rief er. „Wo ist Susan?" keuchte ich. „Um die kümmern wir uns später", antwortete er. Ich lachte. „Was ist denn daran so komisch?" Er schüttelte ärgerlich seinen Kopf. „Du machst ein so besorgtes Gesicht", rief ich zu ihm hoch. „Ich bin auch besorgt, hier geht es mindestens zehn Meter in die Tiefe. Jetzt gib mir endlich deine Hand, du Idiot." Ich legte meine Hand in seine, und er begann zu ziehen. Ich sah in sein Gesicht, das vor Anstrengung verzerrt war, und merkte plötzlich, daß sich seine Hand seltsam weich anfühlte, fast wie ein Handschuh. Es war, als wären alle Knochen aus ihr entwichen. In meiner Panik versuchte ich mich an seinem Genick festzuhalten. Sekunden später hörte ich ein reißendes Geräusch und stürzte in die Tiefe. Ich war nicht mehr lange bei Bewußtsein. Gerade nur so lange, daß ich den Anzug sah, den ich in meinen Händen hielt. Mit diesen grauen, exakt gescheitelten Haaren. Das Wesen, das auf dem Dach stand und zu mir herunterstarrte, wirkte eigentümlich glatt und durchsichtig. Es sah fast aus wie ein Frosch auf zwei Beinen, der mit seinen dunklen Knopfaugen im Mondlicht zwinkerte. Dann war es plötzlich nachtschwarz und still.

„Bleiben Sie ganz ruhig, Mister", höre ich eine tiefe Männerstimme, als ich im Krankenwagen zu mir komme. „Bewegen Sie sich nicht. Sie müssen sämtliche Knochen gebrochen haben, aber durch den Schock spüren Sie es nicht." „Wo ist der Anzug?" flüstere ich schwach. „Ich weiß nicht, wovon Sie sprechen", antwortet der Mann. „Hat ein Professor Gregory Sie angerufen?" „Ich kenne keinen Professor Gregory", höre ich seine sonore Stimme. „Wir wurden angerufen, weil in der Nervenheilanstalt ein Doktor vom Dach gestürzt ist. Das ist alles." Die Lichter der Straßenlampen huschen draußen vorbei, zerfließen auf der mit Regentropfen übersäten Scheibe. *Strangers in the Night* singt Frank Sinatra im Autoradio. Nur widerwillig realisiere ich, daß auf dem Boden des Rettungswagens leere Wurmdosen herumliegen. Der glatzköpfige Fahrer, der wie ein Bullterrier aussieht, wirft seinem Kollegen mit dem weißblonden Pferdeschwanz einen vielsagenden Blick zu, während ich gerade darüber nachdenke, ob das der richtige Weg ins Krankenhaus ist.

Und Tom ging nach Paris

Bei den Indianern wären wir Blutsbrüder gewesen. Im Alter von zehn Jahren lernte ich Tom im Städtischen Freibad kennen, und es wurde eine dieser ganz großen Freundschaften. Von Anfang an war er mein heimliches Vorbild. Keiner von den anderen Jungs konnte so wie er die Länge des Beckens durchtauchen. Keiner hatte so viel Kraft in den Armen. Das Freibad war mit einem Gitter eingezäunt, und direkt davor tobte der Verkehr. Gegen Sperrstunde hatte das Wasser des Kinderbeckens eine verdächtige Gelbfärbung, aber das kümmerte zu jener Zeit niemanden. Heute hätte die Gesundheitsbehörde ein solches Bad längst geschlossen, aber damals schienen wir Kinder gegen sämtliche Krankheitserreger resistent zu sein. Über Toms Eltern wußten wir anderen nur wenig. Sein Vater, so erzählte er einmal, sei frühzeitig verstorben. Seine Mutter, so hörte man, betrieb eine Cafeteria irgendwo in New York. Es hieß, sie würde jeden Dollar sparen, um ihrem Sohn eine gute Schulausbildung zu ermöglichen. In der Schule war er der erste von uns, der Kontakt zu Mädchen hatte. Auch meine erste Freundin hatte ich durch ihn kennengelernt. Ich selbst hätte es nie gewagt, ein Mädchen anzusprechen. Überflüssig zu erwähnen, daß er auch mit dem schönsten Mädchen der Schule vorübergehend liiert war. Die beiden waren ein tolles Paar und gehörten zur Prestigeclique der Klasse. Zu jener kleinen Gruppe von auserwählten Jugendlichen, die am Schulhof den Ton angaben. Die bestimmten, was *in* oder *out* war. An der Universität war er der wildeste von allen. Seine Partys waren berüchtigt. Seine Exzesse ebenfalls. Er trank, experimentierte mit Drogen und verblüffte seine Umgebung mit virtuosen Gedichten und Balladen. Jeder, der ihn kannte, war überzeugt, daß Tom ein Genie war, wenngleich die Menschen in seinem Dunstkreis nur schwer erklären konnten, worin dieses Genie nun tatsächlich bestand. Irgendwann begann er seine wahre Leidenschaft zu entdecken. Die Musik. Es schien, als wollte er jedes Instrument beherrschen und jeden Song der Welt schreiben, während ich ein Wirtschaftsstudium anfing. Ein Interesse, das eher meinem Naturell entsprach. Nach der Uni verloren wir uns für viele Monate aus den Augen.

Ich sah ihn wieder am Strand von Daytona Beach. Ich saß gerade im Sand und streckte meine Beine ins Meer, als er mir entlang der Wasserlinie entgegenkam. Er war braungebrannt, hatte kein Gramm Fett am Körper und wirkte mit dem blonden, von der Sonne gebleichten Haar wie eine griechische Statue, die lebendig geworden war und sich heimlich zum Baden unter uns Sterbliche gemischt hatte. „Hey, Tom“, sagte ich verwundert. „Ich dachte, du wolltest nach New York.“ „Das hatte ich auch ursprünglich vor“, entgegnete er. „Aber dann habe ich es mir anders überlegt.“ Er ließ sich neben mir in den Sand fallen, und da bemerkte ich, daß er in seiner Hand ein Heft hielt. „Ich habe die letzten Wochen in der Garage einer Freundin verbracht und Songs geschrieben.“ Er reichte mir das Heft, und ich begann zu lesen. Ich verstand nicht viel von Musik, konnte bloß ein bißchen Noten lesen. Aber eines war mir sofort klar: Tom machte keine halben Sachen, und die Songs mußten gut sein. „Was du da geschrieben hast, ist großartig.“ Ich nickte anerkennend. „Du solltest eine Rockband gründen.“ Er schüttelte den Kopf. „Nein, Richard. Alles, bloß das nicht. Ich habe keine Lust, auf der Bühne zu stehen und für kreischende Teenies den Hampelmann zu machen.“ „Dann solltest du die Songs gewinnbringend verscherbeln“, riet ich ihm. Er lächelte. „Das ist genau das, was ich dir vorschlagen wollte. Ich selbst habe keine Ahnung von Geschäften, aber du.“ Damals, unter all den Menschen am Strand, gründeten wir die Firma *World Enterprises*. Und kurze Zeit später nahmen wir unsere ersten Musiker unter Vertrag. Das war vor rund fünfundzwanzig Jahren. Heute macht *World Enterprises* einen Jahresumsatz von 230 Millionen Dollar. Stars wie Lynn Varga oder die Cannibalgirls gehören zu unseren Schützlingen. Tom schreibt die Songs, und ich führe die Geschäfte. Und das ist durchaus wörtlich zu verstehen. In der Regel sehe ich ihn das ganze Jahr nicht. Während ich den größten Teil der Zeit hinter meinem Schreibtisch verbringe, zieht er mit ständig wechselnden Girls über den Globus. Ich bekomme Karten aus allen möglichen Teilen der Welt. Und natürlich schickt er mir seine genialen Kompositionen. Diese werden dann von routinierten Musikern im Studio vollendet. Ich selbst habe, wie gesagt, keine Ahnung davon. Vor rund einem Jahr hat er sich in Paris niedergelassen, mit einem Girl im Schlepptau, das seine Tochter sein könnte. Er schrieb mir, daß er die Liebe seines Lebens gefunden hätte und legte ein Foto bei. Das Mädchen auf dem Bild hatte die Arme um seinen Hals geschlungen und lächelte mit seinen Sommersprossen in die Kamera wie ein Kind zu Weihnachten. Wie dem auch sei, er schien überaus glücklich zu sein. Dann hörte ich viele Wochen nichts von ihm. Und dann plötzlich dieses Telegramm aus Paris. Lieber Richard STOP Komm bitte schnell STOP Habe Angst verrückt zu werden STOP Du bist der einzige Mensch, dem ich mich anvertrauen kann und der mir glaubt. Tom.

So rätselhaft mir dieses Telegramm auch vorkam, ich vermutete gleich, daß seine Probleme mit Cynthia in Zusammenhang standen, diesem jungen Mädchen auf dem Foto. Klar, daß ihn sein unstetes Leben irgendwann in Schwierigkeiten bringen würde, schoß es mir durch den Kopf. Ich selbst hatte bereits vor fünfzehn Jahren Anna geheiratet, meine Sekretärin. Denken Sie jetzt bitte nicht, daß dieser Schritt aus einer praktischen Überlegung heraus erfolgt ist. Nein, ich liebe Anna aufrichtig. „Hast du deine warmen Anzüge eingepackt? Es soll sehr kalt in Europa sein." Ich nickte. Sie stand in der Tür, hatte die Arme verschränkt und beobachtete mich kritisch beim Kofferpacken. „Immer wenn er in der Klemme ist, mußt du springen." „Du vergißt, daß wir von seinen Songs leben", entgegnete ich. Sie schüttelte heftig den Kopf. „Wir leben nicht nur von seinen Songs, sondern auch von deinem Geschäftssinn. Er selbst wäre viel zu desinteressiert gewesen, um je irgend etwas zu veröffentlichen." Sie kam jetzt auf mich zu und stützte sich mit den Armen auf dem Koffer ab, um mir das Schließen zu erleichtern. „Du weißt, daß wir seit unserer Kindheit Freunde sind", sagte ich und zog den schweren Koffer vom Bett. „Das ist immerhin um vieles länger, als ich dich kenne." Ich drückte ihr einen Kuß auf die Wange. „Vielleicht hättest du dann besser ihn heiraten sollen." Sie lächelte gequält und schlang die Arme um mich. In manchen Momenten erinnerte sie mich immer noch an das Mädchen, das vor vielen Jahren zur Tür hereingekommen war und einen Job wollte. Rockmusik wäre für sie das Größte, hatte sie damals gesagt. Und in einer Firma zu arbeiten, die Kontakt zu den Künstlern hätte, das wäre überhaupt der Gipfel. Eigentlich sah sie immer noch aus wie damals. Abgesehen von kleinen Lachfalten um die Augen und einigen verräterischen grauen Strähnen im Haar. Als ich ins Taxi stieg, das mich zum Flughafen bringen sollte, stand sie vor dem schmiedeeisernen Tor unseres Gartens und hauchte mir einen Kuß hinterher, während ich gerade darüber nachdachte, warum sie es eigentlich so lange mit mir ausgehalten hatte.

Der alte Mann, der das Flugzeug betrat, mußte von zwei Stewardessen gestützt werden. Er ließ sich schnaufend in der Reihe vor mir auf seinen Platz sinken. Während eine der Stewardessen seinen Gehstock über dem Sitz verstaute, half ihm die andere mit dem Sicherheitsgurt. Als er hereingekommen war, hatte ich sein Gesicht nur kurz von der Seite sehen können, und dennoch erinnerte er mich sofort an jemanden, den ich einmal gekannt hatte. An Clay Randolph, meinen ehemaligen Wirtschaftsprofessor. Randolph, so fiel mir ein, mußte mittlerweile ein methusalemisches Alter erreicht haben, und die Möglichkeit, daß der Mann vor mir tatsächlich mein früherer Lehrer war, erschien mir nun äußerst gering. Während ich überlegte, hatte sich das Flugzeug in Bewegung gesetzt, und jetzt sah ich nur noch seinen kahlen Hinterkopf und den Nacken mit der pergamentartigen Haut, die von feinen roten Äderchen durchzogen war. Ein Rütteln war zu spüren, als das Flugzeug dröhnend die Wolkendecke durchbrach, und Sekunden später war es gleißend hell in der Maschine. Ich blätterte in einer Broschüre, in der es Bilder mit teuren Markenartikeln gab, und begann zunehmend müde zu werden. Irgendwann war ich in einen unruhigen Schlaf gefallen, und dieser seltsame Traum kam wieder, der mich seit Jahren begleitete. Ich sah das Städtische Freibad aus meiner Kindheit, und direkt davor einen Krankenwagen. Das Blaulicht erhellte die Gesichter der unzähligen Menschen, die sich rund um das Schwimmbecken versammelt hatten. Dann erwachte ich wie immer schweißgebadet.

Paris im Oktober. Die Sonne hatte nichts von ihrer Kraft eingebüßt, und die Seine stank zum Himmel. In den Straßencafés brodelte das Leben. Der Taxifahrer, ein freundlicher Schwarzer mit Goldzahn, grinste geheimnisvoll. Er hatte mich, gleich nachdem ich in den Wagen gestiegen war, erkannt. „Sie sind Richard Loumes, dieser Boß von *World Enterprises*“, hatte er in gebrochenem Englisch gesagt, und nun quälte er mich während des ganzen Weges mit Fragen über Rockmusik. „Avenue Foch, wir sind hier, Monsieur.“ Er sprang behend aus dem Wagen, um mir die Tür zu öffnen. Sekunden später stand ich vor Toms Haus, einem alten Gebäude mit nostalgischem Charme. Das Tor wurde von zwei vergammelten Blumentöpfen mit Palmen flankiert, die schon vor langer Zeit der Pariser Witterung zum

Opfer gefallen waren. Der freundliche Schwarze stellte mir noch die Koffer auf den Gehsteig, dann entschwand er mit einem „ Au revoir“ auf den Lippen. Ich hatte noch nicht einmal den Knopf der Klingel betätigt, als Tom bereits die Tür öffnete. Er blickte gehetzt nach links und rechts, als wollte er sich vergewissern, daß ich alleine war, und griff gleich darauf nach meinem Arm, um mich ins Haus zu ziehen. Der Mann, der dann vor mir stand, hatte mit dem Tom Hansley, den ich einmal gekannt hatte, nicht mehr viel gemeinsam. Sein graues, halblanges Haar stand zu Berge, als hätte er in eine Steckdose gegriffen, und seine Augen flackerten unruhig. Wie er mir erzählte, würde er mittlerweile Chloralhydrat nehmen, um sich zu beruhigen. „Mein Gott, Tom, was ist mit dir passiert?“ stammelte ich ungläubig. Er hob seine Hand zu einer fahrigen Bewegung. „Nicht jetzt, Richard. Ich erzähle es dir in der Cafeteria, wo genügend Menschen sind. Dort sind wir sicherer.“ Er streifte sich einen bodenlangen Staubmantel über, der ein wenig an einen Wildwestfilm erinnerte, und wir verließen fluchtartig das Haus. Die Cafeteria befand sich auf der gegenüberliegenden Straßenseite und wurde vor allem von jungen Leuten frequentiert. Das Lokal war ein beliebter Treffpunkt für Künstler, oder solche, die sich zumindest dafür hielten. Wir nahmen an einem kleinen Ecktisch Platz, und er bestellte zwei doppelte Whiskys. „Nun mal der Reihe nach, Tom“, sagte ich. „Erzähl mir alles von Anfang an.“ Die Kellnerin, ein junges Mädchen von kaum zwanzig Jahren, stellte die beiden Gläser auf die Marmorplatte und zog für Sekunden unsere Aufmerksamkeit auf sich. „Es geht um Cynthia“, flüsterte er, während er das Glas an seinen Mund führte. Nachdem er den Whisky in einem Zug ausgetrunken hatte, entspannten sich seine Gesichtszüge auf seltsame Art, und er begann zu erzählen.

„Ich lernte sie auf einer dieser öden Vernissagen kennen. Sie arbeitete damals für ein Jugendmagazin und wollte unbedingt ein Interview von mir. Nun, sie bekam ihr Interview, und mich gleich dazu." Er grinste breit, und für Sekunden blitzte wieder jener Tom Hansley durch, den ich einmal gekannt hatte. „Ich weiß, was du jetzt denkst, Richard. Du bist der Meinung, sie ist zu jung für mich, aber du kannst mir glauben, wenn ich dir sage, daß sie für ihr Alter eine unglaubliche Reife besitzt." Er sah versonnen durch die Fensterscheibe hinaus auf die Straße. „Ich liebte alles an ihr. Das hennagefärbte Haar und die grell geschminkten Augen. Selbst diesen kleinen Ring, den sie sich durch die rechte Augenbraue gepirct hatte, mochte ich. Weißt du, wie sie mich manchmal genannt hat?" Er lächelte kaum wahrnehmbar. „Alter Mann. Ich habe sie oft gefragt, weshalb sie denn mit einem alten Typen wie mir zusammen sei. Sie hat dann immer gelächelt und mir geantwortet, daß sie den Mann liebt, der sich hinter den Falten verbirgt, und der wäre einfach zeitlos. Findest du das nicht wunderschön, Richard?" Tom schwelgte in Erinnerungen. Seine Augen drifteten ins Leere, und nur gelegentlich ging ein Zucken durch seinen Körper, wenn im Hintergrund das unangenehme Geräusch der Kaffeemaschine zu hören war, das ihn unsanft in die Realität zurückholte. „Der vergangene Sommer war der beste meines Lebens", schwärmte er. „Paris lag in der Sonne, als hätte es ein liebeskranker Gott erfunden, und wir genossen die Tage. Die Sonntage verbrachten wir meistens mit Etienne und Catherine, einem befreundeten Ehepaar, das ebenfalls hier in der Avenue Foch wohnt. Etienne ist Maler, aber ich vermute, daß er noch nie eines seiner dramatischen Werke an den Mann gebracht hat. Geldprobleme hat er dennoch keine, denn Catherine besitzt eine eigene Werbeagentur. Man könnte es auch so formulieren, daß sie ihn aushält." Tom hatte seine Geschichte kurz unterbrochen und hob die Hand, was der Kellnerin signalisieren sollte, ihm noch einen Whisky zu bringen. „Alles hätte so schön sein können, Richard", flüsterte er. „Bis zu jenem Sonntagmorgen." Er atmete tief durch, während ich an meinem Glas nippte und ihn beobachtete. „An jenem Sonntag erwachte ich wie immer gegen zehn. Wir waren um zwölf mit Etienne und Catherine verabredet, und so drehte ich mich zur Seite, um Cynthia wach zu küssen. Aber der Platz neben mir war leer. Ich dachte zuerst, sie wäre nur kurz weggegangen, um einzukaufen, doch als ich ins Badezimmer ging, sah ich, daß alle ihre Toilettenartikel verschwunden waren. Der kleine Koffer mit ihren Schminkutensilien, die Zahnpaste, ihre Bürste, einfach alles." Er schüttelte seinen Kopf, als könnte er die Geschichte im nachhinein immer noch nicht glauben. „Ich ging durch das Haus und öffnete alle Schränke. Auch ihre Kleider und ihre Schuhe waren verschwunden. Es deutete nichts darauf hin, daß sie je hier gelebt hatte."

„Hattet ihr Streit?" Ich sah ihn fragend an. „Unsinn, Richard", zischte er. „Wir waren das leidenschaftlichste Paar von Paris. Sie hätte mich nie verlassen." Für einen kurzen Augenblick zogen sich seine Mundwinkel nach unten und verliehen ihm das Aussehen eines trotzigen Kindes. „Ich rief bei Etienne und Catherine an, um ihnen zu sagen, daß Cynthia verschwunden war. Und nun Richard, halte dich fest." Er holte tief Luft. „Die beiden haben mir erklärt, sie würden kein Mädchen mit den Namen Cynthia kennen. Etienne versuchte, mich davon zu überzeugen, daß wir all die vergangenen Wochenenden immer zu dritt verbracht hätten. So ein Mistkerl." Er fluchte laut hörbar. „Also rief ich bei Cynthias Eltern an, einem schrulligen alten Ehepaar, das in einem Vorort von Paris wohnt. Sie haben Cynthia und mich des öfteren zum Essen eingeladen. Der Alte war am Apparat. Ich erkannte ihn gleich an seiner krächzenden Stimme. Auf meine Frage, ob Cynthia bei ihm sei, antwortete er nur, er kenne keine Cynthia. Sie werden doch wohl noch Ihre Tochter kennen, schrie ich. Da sagte er, daß sie nie eine Tochter gehabt hätten. Ihre Ehe sei kinderlos, hat er mir beteuert. Das Ganze endete mit einem bösen Streit, und ich knallte wütend den Hörer auf die Gabel."

„Hast du es bei der Polizei versucht?“ Er nickte stumm. „Was haben die gesagt?“ Ich stellte die Frage, obwohl ich die Antwort bereits ahnte. „Sie sagten, daß ein Mädchen mit dem Namen Cynthia Morceau in Paris nicht gemeldet sei. Was sagst du dazu, Richard?“ Ich zuckte mit den Schultern. „Ich weiß nicht, Tom, vielleicht haben alle hier in Paris nur eine sehr kranke Art von Humor.“ „Das habe ich mir ursprünglich auch gedacht“, keuchte er aufgeregt. „Bis ich das hier sah.“ Er griff in seine Hemdtasche und holte ein Polaroidfoto hervor, das er langsam über den Tisch zu mir schob, als wäre es das Dokument einer gigantischen Verschwörung. „Hier, sieh es dir genau an“, sagte er leise. „Es ist das gleiche Foto von mir und Cynthia, das ich dir geschickt habe. Aber wirf einmal jetzt einen Blick darauf.“ Ich starrte auf das Bild, und alles, was ich sah, war Tom. Er hielt seinen rechten Arm in einer seltsamen Position, so als würde er eine imaginäre Person umarmen. Es war eindeutig das Foto, das auch ich kannte, aber das Mädchen, das einst darauf zu sehen gewesen war mit seinen hennagefärbten Haaren, war verschwunden. „Und du bist sicher, daß es das gleiche Foto ist?“ „Ich kann es dir schwören, Richard.“ Er hielt sein Glas mit beiden Händen fest, als hätte er Angst, es könnte ihm irgend jemand entreißen, und starrte wieder ins Leere. „Als Kind hatte ich ein Terrarium mit Molchen“, preßte er hervor. „Manchmal starb ein Tier, oder es wurde krank, und ich mußte es entfernen. Ich habe mich oft gefragt, ob die anderen Molche das Verschwinden ihres Artgenossen bemerken würden.“ „Worauf willst du hinaus?“ „Vielleicht wird unsere Welt von einer mächtigen geheimen Organisation beherrscht“, flüsterte er fast tonlos. „Ein Syndikat, das alles kontrolliert. Diese Typen haben vielleicht eine Technologie entwickelt, mit der sie unsere Erinnerungen löschen können. Auf diese Art können sie unangenehme Personen verschwinden lassen. Gelegentlich unterläuft ihnen allerdings ein Fehler. Dann kann sich der eine oder andere noch an die betreffende Person erinnern." „Wie kommst du denn auf so etwas?" prustete ich los und verstummte gleich wieder aus Angst, ihn beleidigt zu haben. „Ich weiß, daß das jetzt komisch klingt, Richard, aber Cynthia hat über einen Umweltskandal recherchiert. Sie wollte die Geschichte groß in ihrem Jugendmagazin herausbringen. Das kann doch alles kein Zufall sein." Er sah mich flehentlich an, während ich ungläubig den Kopf schüttelte. „Ich weiß nicht, Tom, das Ganze scheint mir doch ein wenig weit hergeholt." Ich trank mein Glas leer und beschloß, mir noch einen Whisky zu bestellen. Gerade als ich die Kellnerin herbeiwinken wollte, glaubte ich meinen Augen nicht zu trauen. Mitten im Lokal, unter all den jungen Leuten, saß der alte Mann aus dem Flugzeug. Für einen Moment hatten sich unsere Blicke getroffen, und nun sah er zu Boden und nestelte nachdenklich an seinem Gehstock. Dennoch war ich mir sicher, daß er die ganze Zeit zu uns herübergestarrt hatte. Er drehte wie teilnahmslos seinen Kopf zur Seite, und im schummrigen Licht der Cafeteria wirkte sein Gesicht mumienhaft und unwirklich. „He Tom, siehst du den Kerl dort?" Ich starrte in die Richtung des Alten, und er folgte meinem Blick. „Du meinst den Greis mit dem Gehstock?" Ich nickte. „Der Typ saß im Flugzeug in der Reihe vor mir. Erinnert er dich nicht auch an Clay Randolph, meinen früheren Professor?" Tom zuckte mit den Schultern. „Mag sein", sagte er schließlich. „Er hat eine gewisse Ähnlichkeit mit Randolph." Eine Weile sprachen wir beide kein Wort und starrten in seine Richtung, während ich überlegte, wie ein alter Mann wie er in einem solchen Lokal landen konnte. Es schien, als würden ihm unsere Blicke äußerstes Unbehagen bereiten, denn irgendwann griff er umständlich nach seinem Gehstock, erhob sich mit einem hörbaren Seufzer und verließ, so rasch es seine Beine zuließen, das Lokal. „Seltsamer Vogel", raunte Tom, während er ihm versonnen hinterhersah.

„Du solltest nicht mehr in deine Wohnung zurückgehen", sagte ich wenige Minuten später zu ihm. Wir standen vor der Cafeteria, und ein föhniger, orkanartiger Herbstwind blies uns um die Ohren. „Ich finde es besser, wenn du unter Menschen bleibst. In meinem Hotel ist sicher noch ein Zimmer frei." Er nickte zustimmend, und nach einer kurzen Taxifahrt durchschritten wir das Glasportal des Sheraton Hotels. Es war Nachmittag, und in der Hotelhalle herrschte wenig Betrieb. Ein teurer weicher Teppich bedeckte den Boden und die Stufen wie Schnee, der sich über ein Dorf legt. Unter Kristalleuchtern eilten Putzfrauen geschäftig umher, und es roch nach Ammoniak und Sauberkeit. Hinter der Rezeption, die mit edlen Holzeinlegearbeiten verziert war, saß ein älterer gedrungener Mann mit Brille. Die Jahre, die er im Sheraton zugebracht hatte, waren ihm anzusehen. Auf eine wunderliche Art schien er mit dem übrigen Inventar zu verschmelzen. Eine Symbiose von Mensch und hölzerner Täfelung. „Ein Zimmer für Ihren Freund? Nun, ich werde sehen, was ich für Sie tun kann, Monsieur." Er lächelte mich kurz an, um Sekunden später eine dicke Mappe aufzuschlagen. Während er las, wippte er verspielt mit der Brille auf seiner Nase. „Da hätte ich noch etwas", sagte er schließlich. „Zimmer 219. Ein junges Ehepaar ist heute überraschend ausgezogen." Ich war mir sicher, daß die Geschichte mit dem Ehepaar erfunden war und wir nur deshalb in den Genuß des Zimmers kamen, weil er uns erkannt hatte. Also bedankte ich mich höflich, nicht ohne durchblicken zu lassen, daß ich mich bei der Abreise sehr erkenntlich zeigen würde. Tom bezog sein Zimmer im zweiten Stock, und wir verabredeten uns für abends in der Hotelbar.

In einem Dunst aus Zigarettenrauch saß ein graumelierter Pianist und stimmte sein Klavier. Wir standen an der Bar und hielten uns an unseren Whiskygläsern fest, während die ersten Akkorde des Songs *My Way* zu uns herüberdrangen. Tom hatte sich eine Zigarette angesteckt und blies kleine Ringe in die Luft, die an der Thekenbeleuchtung zerschellten. Seine Unruhe vom Nachmittag hatte sich gelegt und war nun einer attraktiven Traurigkeit gewichen. „Denkst du eigentlich manchmal noch an die Uni?“ fragte ich ihn zu später Stunde. „Ja, manchmal.“ „Ich habe dich immer bewundert, Tom.“ Er verzog ironisch den Mund. „Ich wüßte nicht, was es an mir zu bewundern gäbe.“ „Deine Spontaneität“, antwortete ich. „Du bist der Mann, der das getan hat, was ich immer tun wollte.“ Er schüttelte gedankenverloren den Kopf und griff nach seinem Glas. „Ich dachte mir, du wärst glücklich mit deinem Leben.“ „Natürlich bin ich glücklich, aber es gab Zeiten, da wäre ich gerne so wie du gewesen.“ „Du hast ein geordnetes Leben, Richard“, preßte er leise hervor, während er den Rauch aus seiner Nase gleiten ließ. „Du hast eine wunderbare Frau, ein Haus, eine tolle Karre. Und jetzt sieh mich an.“ Er kam ganz nahe an mich heran und warf mir einen Blick aus rot geränderten Augen zu. „Da steh ich nun, zugedröhnt mit Whisky, und weine einem Mädchen nach, das noch ein halbes Kind war. Und jeder erklärt mir, sie hätte nie existiert.“ Er flüsterte die Worte jetzt, und mir fiel ein, daß ich ihn noch nie so hilflos erlebt hatte. „Kopf hoch“, sagte ich schließlich. „Wir werden diese seltsame Geschichte schon noch aufklären.“

Als wir wankenden Schrittes die Bar verließen, traute ich meinen Augen nicht. Der Alte aus dem Flugzeug war soeben hereingekommen und ließ sich auf einem Platz in der Nähe des Pianisten nieder. Die Sache kam mir nun höchst eigenartig vor, aber ich war einfach zu müde, um Tom darauf aufmerksam zu machen. Das einzige, was meine Zunge noch artikulieren konnte, war ein „Bis Morgen“. Dann zog ich die Tür meines Zimmers hinter mir zu. Nachdem ich mich halb bekleidet auf mein Bett hatte fallen lassen, schlief ich rasch ein.

Die Menschenansammlung rund um das Schwimmbecken war so dicht, daß man kaum noch die Wasseroberfläche erkennen konnte, und in den Augen der Schaulustigen spiegelten sich Neugierde und Betroffenheit, während sich zwei Männer mit einer Bahre ihren Weg durch die Menge bahnten. Das Licht des Rettungswagens blinkte hysterisch und wurde von den weiß getünchten Mauern der Anlage reflektiert. Die Menschenmasse teilte sich nun für die Männer mit der Bahre, gab die Sicht auf das Becken frei, und ich erwachte schweißgebadet.

Das Sonnenlicht kroch wie ein Dieb durch die Jalousien, und in meinem Kopf tobte ein dröhnender Schmerz. Nachdem ich mich einigermaßen frisch gemacht hatte, beschloß ich, Tom aufzusuchen, und verließ mein Zimmer. „Bonjour, Monsieur." Das junge Stubenmädchen am Gang lächelte, und ich erwiderte freundlich seinen Gruß. Toms Zimmer befand sich nur wenige Meter von meinem entfernt. Ich klopfte sachte an die Tür und glaubte kurz darauf, Schritte zu hören. Als die Tür abrupt geöffnet wurde, dauerte es einen Augenblick, bis ich realisierte, daß der Mann, der vor mir stand, nicht Tom war. „Sie wünschen, Monsieur?" Der junge, etwa fünfundzwanzigjährige Typ hatte blondes, streichholzkurzes Haar und sprach perfekt Englisch. Er trat einen Schritt zur Seite, und ich sah im Hintergrund ein Mädchen, das sich umständlich ein Handtuch vor den Körper hielt und mich mit finsterer Miene anstarrte. Ich fühlte, wie ein seltsames Unbehagen in mir hochstieg, und vergewisserte mich, daß ich tatsächlich an Zimmer 219 geklopft hatte. „Mein Freund Mister Hansley ist gestern hier eingezogen", stammelte ich, während der Mann, der wie ein Soldat aussah, ungläubig die Stirn in Falten legte. „Es tut mir leid, Monsieur, hier ist niemand eingezogen." „Doch", entgegnete ich. „Mister Hansley hat Zimmer 219 bezogen, ich weiß es ganz genau." Während ich sprach, bemerkte ich, daß sich die Angst um meinen Körper legte wie ein eisiges Korsett. Der Mann mit dem Militärhaarschnitt warf seiner Begleiterin einen irritierten Blick zu und zuckte mit den Schultern. „Wie ich schon sagte, Monsieur, ich kenne Ihren Freund nicht.“ Er breitete die Arme zu einer hilflosen Geste aus. „Wir bewohnen dieses Zimmer bereits seit zwei Wochen. Und jetzt entschuldigen Sie uns bitte.“ Sekunden später fiel die Tür ins Schloß, und ich starrte auf die Nummer 219, die sich direkt in meiner Augenhöhe befand. In meinem Kopf begann sich alles zu drehen. Ich ging die Stufen hinunter zur Rezeption. Der Portier von gestern nacht war verschwunden, und hinter der noblen Täfelung saßen ein Farbiger und eine junge Frau. „Kann ich etwas für Sie tun, Monsieur?“ Seine schneeweißen Zähne leuchteten. „Ich suche Ihren Kollegen von gestern abend“, antwortete ich. „Er ist ein etwas beleibter Herr mit Brille.“ Der Mann hinter dem Pult nickte. „Sie meinen Monsieur Colbert. Er ist heute leider nicht im Haus. Kann ich Ihnen vielleicht weiterhelfen?“ Er faltete seine Hände zu einer untertänigen Geste. „Ich suche Mister Hansley“, sagte ich mühsam beherrscht. „Er hat gestern bei Monsieur Colbert eingecheckt. Zimmer 219. Aber dort wohnt nun plötzlich ein junges Paar.“ Er schlug das dicke Buch auf, genau wie tags zuvor sein Kollege, und begann konzentriert darin zu lesen. „Tut mir leid, Monsieur, ein Mister Hansley ist hier nicht gemeldet.“ „Das ist völlig unmöglich“, keuchte ich. „Ich weiß, daß Mister Hansley gestern hier in diesem Hotel eingecheckt hat.“ Ich sah ihn eindringlich an, während er sich zur Seite drehte und seiner Kollegin einen hilflosen Blick zuwarf. „Haben Sie denn genau nachgesehen?“ „Selbstverständlich habe ich genau nachgesehen. Ein Mister Hansley ist hier nicht gemeldet, Monsieur.“ In seine höfliche Art zu sprechen hatte sich nun ein leicht genervter Unterton gemischt. Ich weiß heute nicht mehr, warum ich überstürzt das Hotel verließ. Vielleicht weil ich hoffte, draußen an der frischen Luft meine Gedanken besser ordnen zu können. Der Straßenlärm drang an mein Ohr, und ich griff in meine Sakkotasche nach einer Zigarette. Ein Foto fiel heraus und landete auf dem Gehsteig. Es war das Foto, das mir Tom in der Cafeteria zugeschoben hatte. Ich hob es auf, nicht ohne einen Blick darauf zu werfen. Im Grunde genommen hat es mich kaum überrascht. Es war nur eine letzte schreckliche Konsequenz, daß auf dem Foto bloß noch eine nackte Wand zu sehen war.

„Sag mir jetzt bitte nicht, du würdest Tom nicht kennen", schrie ich in den Hörer, als ich wenige Minuten später meine Frau am Apparat hatte. „Natürlich kenne ich Tom." „Und du kennst auch das Foto mit ihm und dem Mädchen darauf?" „Ja", antwortete sie. „Ich kenne das Foto. Richard, was ist hier los? Du klingst so aufgeregt." „Was hier los ist?" Ich lachte hysterisch. „Nun, so genau weiß ich das leider auch nicht. Aber mach dir keine Sorgen. Ich melde mich, sobald ich mehr herausgefunden habe." Ich legte den Hörer auf die Gabel. Ziellos ging ich durch die Straßen, und Paris wirkte plötzlich auf mich wie die endloseste Stadt der Welt. Das graue Wasser der Seine sah aus, als würde es alle Mysterien des Alls in sich vereinen.
Irgendwann war ich in diesem Bistro gelandet, in dem ich mir einen doppelten Whisky bestellte. Ich führte das Glas an meinen Mund, und da sah ich ihn plötzlich, den alten Mann aus dem Flugzeug. Wie ein faltiges Reptil saß er unter der Deckenbeleuchtung und starrte zu mir herüber. Und mit einem Mal fiel es mir wie Schuppen von den Augen. Das Syndikat, von dem Tom gesprochen hatte, und dieser alte Mann dort drüben. Es konnte kein Zufall sein, daß er ständig in unserer Nähe gewesen war. Sekunden später sah ich mir selbst dabei zu, wie ich mich vom meinem Platz erhob und auf ihn zuging. Es war eine dieser Situationen im Leben, in der es kein Zurück mehr gibt. Ich war fest entschlossen, die Wahrheit aus ihm herauszupressen, koste es, was es

wolle. Meine Hand schnellte nach vorn und packte den Alten am Hals. Stühle fielen zur Seite, und Frauen schrien erschrocken auf, aber niemand wagte es, einzugreifen. Der Alte japste nach Luft, und die roten Äderchen in seinen Augen begannen gefährlich anzuschwellen. „Mister Loumes, bitte, ich bekomme keine Luft mehr.“ Er sah aus wie ein Karpfen auf dem Trockenen. „Du kennst meinen Namen“, schrie ich. „Gut, das erleichtert die Sache.“ „Bitte, Mister Loumes“, krächzte er. „Ich bin es doch nur, Clay Randolph, ihr alter Professor.“ Ich ließ ihn verdutzt los. „Clay Randolph, was machen Sie denn hier?“ „Ihre Frau hat mich hinterher geschickt“, kam stöhnend die Antwort. „Sie hat sich Sorgen um Sie gemacht. Vor allem, weil sie geahnt hat, was mit Tom passieren würde.“ „Was mit Tom passieren würde?“ wiederholte ich. Mein Arm schnellte wieder nach vorn, und Randolph begann erneut zu japsen. „Was ist denn mit Tom passiert? Sie werden mir sofort sagen, was mit Tom passiert ist.“ „Tom Hansley ist tot, Mister Loumes“, schrie Randolph. „Er starb im Alter von zwölf Jahren in einem städtischen Bad.“ Seine Worte waren kaum verklungen, da fühlte ich diese schreckliche Übelkeit in mir aufsteigen, und diese verdammten Bilder, die ich jahrelang in meinem Innersten bewahrt hatte, kamen wieder zum Vorschein. Ich sah diesen kleinen Jungen, der leblos am Grund des Schwimmbeckens lag, und ich sah diese beiden Männer, die ins Wasser sprangen, um die Kinderleiche an die Oberfläche zu holen. Da waren wieder diese Schaulustigen, die sich rund um den Beckenrand drängten, und das Blaulicht, das hysterisch blinkte. Und schließlich sah ich noch mich selbst, diesen anderen kleinen Jungen, der zusammengekrümmt in der Wiese hockte und heulte. Ich hatte Randolph losgelassen, und nun stand er neben mir und legte väterlich die Hand auf meine Schulter. „Sie haben seinen Tod nie wirklich verkraftet, Richard. Also ließen sie ihn einfach unter den Lebenden.“ „Wenn Tom tot ist“, flüsterte ich, „warum haben dann

alle so getan, als würde er noch existieren?" „Sie vergessen, wie viele Menschen von Ihrem imaginären Tom leben", antwortete Randolph. „Ihre Frau, Ihre Freunde, die Musikindustrie, mehr noch, ein ganzer Wirtschaftszweig. Nie hätte es jemand gewagt, Ihnen Tom wegzunehmen. Die Leute sägen doch nicht an dem Ast, auf dem sie sitzen." Sein faltiger Mund verzog sich kurz zu einem Lächeln. „Als Sie mir damals an der Uni Tom vorstellten, da dachte ich, der Junge braucht dringend Hilfe. Dann aber bemerkte ich, welchen großartigen kreativen Einfluß Tom auf Sie hatte, und ich ließ Sie gewähren. So wie alle Menschen in Ihrem Dunstkreis Sie gewähren ließen." Er sah mir in die Augen. „Aber nun ist es endlich vorbei, Richard. Sie brauchen ihn jetzt nicht mehr. Ich glaube, er hat Sie endgültig verlassen."
Wir müssen einen höchst merkwürdigen Eindruck gemacht haben, als wir wenige Tage später das Flugzeug betraten. Ein alter Mann, der selbst kaum laufen konnte, trug meine Tasche, weil ich vollgestopft mit Beruhigungsmitteln war. „Na, Mister Loumes, haben Sie sich wieder mit Tom getroffen?" Die junge Stewardeß warf mir einen verschwörerischen Blick zu, und ich nickte gequält.

Seit den Geschehnissen von damals ist ein halbes Jahr vergangen, und mein Leben bewegt sich wieder in geregelten Bahnen. Irgendwann versuchte ich, selbst ein paar Songs zu schreiben, und merkte, daß ich es auch ohne Tom recht gut konnte. Und so läuft eigentlich wieder alles wie am Schnürchen. Meine Ehe, *World Enterprises*. Nur manchmal, da habe ich diesen seltsamen Traum. Ich träume, daß alle mir vertrauten Dinge plötzlich verschwunden sind. Die Menschen, die Gebäude, die Autos, einfach alles. Vor meinem Haus erstreckt sich eine endlose Wiese. Nur weit entfernt am Horizont gibt es noch ein anderes Haus. Dort wohnt Rita, ein Mädchen mit hennagefärbten Haaren. In meinem Traum sieht sie ein wenig aus wie die junge Jane

Fonda. Im Gegensatz zu mir hat Rita keine Erinnerung an die einstige Welt. Auf meine Frage, wie sie sich denn die Tatsache unserer Existenz erkläre, zuckt sie jedesmal bloß mit den Schultern und meint, daß wir einfach immer schon da gewesen sind. An schönen Tagen veranstalten wir ein Picknick mit selbst gezüchtetem Gemüse, oder wir albern einfach auf der Wiese herum. In solchen Momenten schlingt sie dann immer die Arme um mich und flüstert mir ins Ohr: „Du bist für mich der wichtigste Mensch auf der Welt." Was zur Hölle sollte sie auch sonst sagen.